탄광마을 사우나

탄광마을 사우나

탄광마을 사우나

이인애 장편소설

열림원

“티라미수케이크예요,
겉모습은 재를 뒤집어쓴 것 같아 보여도
속은 한없이 촉촉하고 부드러운.”

| 차례 |

탄광마을
사우나

더위가 머금은 비릿함에 희미한 가을이 흘러들었다. 치악휴게소 화장실 앞에 선 민지는 불콰해진 뺨을 젖은 손바닥으로 연신 쓸어내렸다.

엄마가 죽었다.

실감이 나지 않았지만 현실이었다. '행복한 요양병원'의 원장님은 엄마의 마지막이 더없이 평온했노라며, 그간 한 번도 병원을 찾아오지 않은 민지를 애써 위로했다. 아무래도 상관없었다. 정말 아무래도 상관이 없을 줄 알았다. 하지만 강원도 경계를 넘어서자마자 속이 울렁거리기 시작했다. 그래도 엄마는 엄마였던 건지, 살면서 한 번도 경험하지 못했던 불안과 외로움이 위액의 신맛과 함께 목구멍을 넘나들었다.

휴게소를 빠져나와 신림나들목 방향으로 핸들을 틀었다. 하이패스 차선은 고작 한 차로였지만 원체 통행량이 적은 곳이라 길이 막히는 일은 거의 없었다.

요금소를 지나자 짙푸른 석벽 앞으로 회전교차로가 보였다. 중앙고속도로와 원주, 영월 방향을 가르는 분기점이었다. 수목이 엉망으로 자란 교차로에 진입해 습관처럼 느리게 두 바퀴를 돈 민지가 한숨을 내쉬며 영월 방향으로 차를 몰았다. 마음의 준비는 아직이었지만 주어진 선택지가 하나밖에 없었다. 황량할 정도로 텅 빈 왕복 사차선 도로는 다른 세상으로 넘어가는 관문이었다. 나고 자란 강원도가 어려웠다.

짧게 끊어 숨을 내쉰 후에는 왼쪽 넷째 손가락에 천천히 힘을 주었다. 방향지시등 레버가 위로 올라갔다. 그녀를 뒤따라오는 차는 오늘따라 한 대도 보이지 않았다.

국도에서 지방도로 들어서자 제한속도는 시간당 50킬로미터로 줄어들었다. 건너는 이가 한 명도 없을 것 같은 횡단보도가 수 킬로미터마다 한 번씩 등장했다. 찰옥수수를 판다는 팻말이 2분에 한 번씩 나타날 즈음 설백군 용광읍까지 5킬로미터가 남았다는 초록색 표지판이 보였다.

　가슴이 답답해졌다. 엄마와 연을 끊은 지도 어림잡아 벌써 10년이었다. 길다면 길었을 시간 동안 강산은 변했을지 몰라도 굳은 기름처럼 응어리진 원망은 녹지 못하고 흉터로 남았다. 나이가 들며 가뜩이나 모난 성격이 더 예민해졌다. 서러움은 비누 거품처럼 쉽게 사그라지지 않았다.

　민지는 설백군 출신이었다. 강원도 설백. 7, 80년대 석탄 채굴로 몸집을 불렸던 산골 동네는 여느 지방 소도시들이 그러하듯 산업구조의 변화와 함께 규모가 줄어들었다. 한때 17만 명에 달했던 인구는 고작 2만여 명밖에 남지 않았고, 읍마다 하나씩 있던 고등학교는 군 전체를 통틀어 세 곳만을 남기고 폐교되었다. 농협을 제외한 금융기관들은 아직 사람들이 사는 동네에 ATM기기조차 남기지 않고 떠났다. 대기업이 운영하는 패스트푸드점이라고는 군청 앞 삼거리의 롯데리아가 유일했다. 그래도 유명 베이커리와 몇몇 프랜차이즈 치킨 브랜드, 군소 편의점들은 읍내를 중심으로 기어코 살아남았는데, 유니폼을 입은 사장님들의 얼굴은 기존에 있던 빵집, 통닭집, 슈퍼마켓을 운영하던 얼굴들과 별반 다르지 않았다.

작은 천이 흐르는 왕복 사차선 다리를 건너갔다. 수백 세대가 사는 아파트 서너 단지만 지나면 이제 곧 요양병원이었다. 민지는 축축해진 손바닥을 바지에 문질렀다. 브래지어 후크가 당길 정도로 자꾸만 숨이 크게 쉬어졌다.

외진 산골에 있을 것 같았던 요양병원은 읍내 한가운데 자리를 잡고 있었다. 무려 파리바게트가 입점해 있는 상가 건물의 3층이었다. 차들이 줄지어 서 있는 노지에 차를 댄 민지가 발바닥에 힘을 주고 설백 땅을 밟았다. 오래된 건물은 엘리베이터에서부터 쿰쿰한 냄새를 풍겼다. 달갑지 않은 세월의 냄새는 병원 특유의 화한 냄새와 섞여 역한 향수처럼 호흡기 깊숙한 곳으로 스며들었다.

원장은 엘리베이터 앞까지 마중을 나와 있었다. 그녀는 엄마가 자신의 두 발로 요양병원에 걸어 들어왔다고 말했다. 그러면서 민지에게 해외에서 완전히 귀국한 것인지를 조심스레 물었다.

민지는 대답을 하는 대신 한숨을 내쉬었다. 그녀는 해외에 나간 적이 없었다. 그건 비단 지금뿐만이 아니었다. 긴 방학을 가졌던 대학생 시절에도 그녀는 남들은 다 가 본다는 일본 여행 한번을 떠나 보지 못했다. 먹고사는 건 생각보다 품이 더 많이 드는 일이어서 쉴 새 없이 아르바이트를 하다 보면 어느덧 개강 날이었다. 문제는 그렇게 일을 해도 늘 돈이 부족하다는 것이었는데, 학자금 대출에서 자유로웠던 학기는 대학을 다닌 여덟 학기 중 단 한 학기도 없었다.

엄마가 사용했다는 방은 꽤 널찍하고 단정했다. 돈 얘기만 나오면 앓는 소리를 했던 과거의 대화들이 무색하게 엄마는 다인실이 아닌 1인실에서 삶을 마무리했다. 연락을 끊었던 사이 로또라도 되었던 걸까. 얕고 빠르게 숨을 쉬는 민지의 등 뒤로 원장이 바짝 따라붙었다.

"저희가 짐을 뺄까 하다가 그냥 놔뒀어요. 지금 당장 1인실에 들어오겠다는 어르신이 계신 것도 아니고, 어차피 따님도 오신다고 하니까. 그런데 사실 엄마는 어르신도 아니었죠. 에휴, 나보다도 어린 사람이."

"네에."

네, 라고 답하는 민지의 목소리가 네―에, 하고 길게 늘어졌다. 기어코 중간이 깊게 눌린 비웃적대는 억양이었다.

시종일관 온화했던 원장의 표정이 돌변한 건 그 순간이었다.

"사실 외국에 안 나갔죠? 내가 그럴 줄 알았어. 딸이 외국에 있으면 선물을 부치거나 아니면 사진이라도 보내던데. 미숙이한테는 그런 게 일절 없었거든. 이봐요, 내가 인생 선배로 주제넘게 참견하자면 무슨 사연이 있었던 간에 안쓰럽던 엄마, 설백에서 아주 유우명했던 엄마, 한 줌 재가 되기 전에 손이라도 한번 잡아 드려요. 그게 맞아. 안 그러면 평생 후회한다.”

언제 봤다고 반말에 훈수질까지 하느냐는 항변이 목 끝까지 밀고 올라왔다. 하지만 유우명이라는 단어가 마음에 걸렸다. 유명이 아닌 유우명이었다. 오늘 밤 샤워를 하며 곧장 대거리하지 못한 지금 상황을 몇 번이고 곱씹겠지만 논리적인 말싸움은 항상 습한 욕실 안에서만 이루어졌다. 하지 못한 말들은 언제나 뜨거운 물, 달큰한 비누 향과 함께 가슴속에 멍울졌다. 살면서 차마 하지 못한 말들이 팔당댐을 범람한 한강이었다. 학습된 사회인으로 살아온 인생은 서툰 후회로 점철된 연옥이었다.

원장의 말을 무시하고 병실 안으로 들어갔다. 엄마의 병실에서는 소독약 냄새가 아닌 은은한 비누 향이 풍겼다. 그 모습을 본 원장은 병실 문에 기대어 소리가 들릴 정도로 혀를 찼다.

“분 대신 석탄가루 묻히면서도 항상 깔끔했던 사람이었으니까. 다들 이 방에 오는 걸 좋아했어요. 미숙이도 사람들 오는 걸 마다하지 않았고. 죽는 날까지 남의 손 안 빌리고 혼자 용변 처리했던 위인이야, 김미숙이."

"잠깐 혼자 있을 시간 좀 주시겠어요?"

"시간은 여기가 아니라 영안실에서 써야지. 저기 병원 안쪽에 있는 엘리베이터 타면 곧장 지하로 내려가니까 엄마 보내 드리기 전에 인사라도 한번 드려요. 미숙이가 말은 안 했어도 아마 많이 보고 싶어 했을 거야. 거기 침대에 있는 다이어리는 전부 태워 달라고 했는데, 내가 아직 안 태웠어."

"엄마가 남긴 짐은 이게 전부예요?"

독한 년, 어떻게 엄마한테 그렇게 말할 수 있어!

연을 끊기 전 엄마한테서 들었던 마지막 말이었다. 얼굴이 한껏 일그러진 원장은 뺨을 씰룩거리며 복도 방향으로 걸음을 옮겼다. 그에 민지는 드르륵 소리가 나게 미닫이문을 닫았다. 나이 든 이들의 오지랖은 십수 년을 겪어도 좀처럼 쉽게 익숙해지지 않았다.

병실을 둘러보았다. 엄마의 마지막 두 달이 고스란히 묻어 있는 공간이었다. 곱게 접은 바지, 얇은 스웨터, 두툼한 공책 한 권을 비롯한 약간의 서류 뭉치. 침대에 기대어 앉아 우둘투둘 보풀이 일어난 스웨터에 손을 대자 차가웠던 손끝에 열이 올랐다. 얼굴이 후끈거리고 눈물이 차올랐다. 어금니를 꽉 깨물었다. 얼마나 세게 깨물었는지 찌릿한 통증이 아래턱부터 관자놀이까지 찾아들었다.

엄마가 남긴 짐은 생각보다 더 단출했다. 당혹스러운 건 그 적은 유품들조차도 챙기고 싶지 않다는 감정이었다. 화장로에 유품들을 같이 넣어 달라고 부탁을 해 볼 수 있을까 하는 생각을 하던 찰나, 적갈색 가죽 다이어리 아래 스테이플러로 철한 종이 뭉치가 보였다.

등기권리증
권리자 김미숙

등기권리증? 한평생 접해 볼 일 없던 단어였다. 등기권리증을 집어 드는 민지의 손놀림이 부산스러워졌다. 부동산이었다. 먹고 죽을 돈 백만 원도 없다고 소리를 지르던 엄마에게 무려 아파트가 있었다. 떨리는 손으로 다이어리를 열자 포켓에 꽂혀 있는 낡은 통장이 눈에 띄었다. 통장이 마지막으로 정리된 날짜는 10여 년 전, 현재의 잔액은 알 수 없었지만 다이어리 중간중간 꽂혀 있는 현금은 엄마가 빈털터리가 아니었다는 사실을 말해 주고 있었다.

엄마에게 돈이 있었다.

지금 생각해도 큰돈이었다. 대학을 졸업하고 살았던 첫 집은 서울대입구역과 봉천역 사이에 있는 다가구주택이었다. 오래된 빌라들 사이에서 유독 빛이 났던 신축 투룸은 2천에 60이라는 조건으로 부동산에 나와 있었다. 돈을 모으고 싶었던 민지는 임대인에게 반전세를 제안했고, 4천에 5만 원이라는 금액으로 계약서에 도장을 찍었다. 한 푼이라도 아끼고 싶어 했던 선택에 발목이 잡힐 줄은 상상조차 하지 못했던 시절이었다. 믿었던 계약에 발등이 찍히기까지는 오랜 시간이 필요하지 않았다.

전세 만기를 두 달 정도 앞두고 있었을 즈음이었다. 회사는 돌연 사옥 이전을 발표했다. 이사를 결심한 민지는 임대인에게 전화를 걸어 전세 연장이 어려울 것 같다는 말을 꺼냈다. 그런데 돌아온 대답이 황당했다. 장황했지만, 결론은 새로 세입자가 들어올 때까지 전세금을 돌려줄 수 없다는 그럴듯한 궤변이었다. 임대인은 사람 좋은 목소리로 돈이 없는데 어떻게 보증금을 돌려줄 수 있겠느냐며 사회 초년생이었던 민지를 타박했다. 아직 서툴렀던 그녀는 불합리한 상황에 적절한 대처를 하지 못했고, 결국 이사를 하고도 반년이 지난 뒤 천만 원만을 돌려받았다. 새 세입자의 월세 보증금이라는 설명과 함께였다. 남은 돈 3천만 원을 끝내 돌려받지 못했다. 임대인은 더 이상 연락을 받지 않았다.

태어나서 처음으로 변호사 사무실을 찾았다. 지난한 과정을 거쳐 승소를 했지만 돈은 돌려받지 못했다. 법은 상대가 빈털터리인 경우, 사기당한 돈을 돌려받을 길이 없다고 말했다. 무엇 때문인지 건물주에게 돈이 없었다. 부채에 순자산을 모두 잠식당했다는 그는 민지에게 돌려줄 수 있는 돈이 땡전 한 푼 남지 않았다고 전했다.

눈물을 참으며 대학생 때 살았던 고시원으로 다시 이사를 갔다. 보이지 않아도 실재한다는 계급이동의 사다리에 올라타기 위해 성실하고 묵묵하게 노력했는데, 한 푼 두 푼 모은 종잣돈은 어느 한순간 신기루처럼 사라져 버렸다. 사람이 무너진다는 게 이런 거구나 싶어 몇 번을 고민하다 엄마에게 전화를 걸었다. 그리고 갓난아이처럼 울었다. 속상하다고, 죽을 것 같다고 속마음을 털어놓았다. 그런 민지에게 돌아온 건 가진 돈이 없다는 신경질적인 대답이었다. 미숙은 지금 당장 먹고 죽을 돈 백만 원도 없다며 사기를 당한 딸에게 악다구니를 토했다. 허무했다. 다정한 위로를 바랐던 게 아니었다. 돈을 주기를 바랐던 건 더더욱 아니었다. 그저 묵묵히 하소연을 들어 주기만 해도 좋았을 텐데, 엄마는 위로도 해결도 아닌 자기 사정만을 질릴 성도로 늘어놓았다. 수많은 실망에도 매번 참아 왔던 민지가 엄마의 손을 놓게 된 결정적 계기였다. 그런데 엄마에게 아파트를 살 돈이 있었다.

손때가 묻은 가죽 다이어리에는 정갈한 글씨들이 빼곡하게 적혀 있었다. 엄마가 글씨를 이렇게 잘 썼었나 싶을 정도였다. 절망과 현학이 뒤섞인 김미숙의 지난 시간들을 훔쳐보다 민지는 어딘지 섬뜩한 기분이 들어 다이어리를 덮어 버렸다. 그간 엄마가 느꼈을 감정들이 궁금하지 않았다. 죽은 사람의 과거를 살피고 보듬는 건 어쩐지 딸인 자신의 영역이 아니지 싶었다. 그럼에도 가름끈처럼 숨겨진 현금이 남아 있을까 싶어 얇은 종이들을 빠르게 넘겨 보는데, 진짜 가름끈이 끼워져 있는 페이지가 활짝 펼쳐졌다. 지난주 목요일 날짜였다.

민지의 시선이 마지막 문장 위에 멈추었다.

사우나 바닥에 묻어 놓은 3천만 원을 결국 돌려받지 못했다.

창틈으로 바람이 불어 들었다. 병실에선 여전히 비누 냄새가 났다. 익숙하면서도 낯선 비누 냄새는 '행복한 요양 병원' 안에 가만히 머무르지 못하고 서툰 여행을 준비했다. 급한 약속이라도 있는 것처럼 설백의 공기 중으로 휘영휘영 번져 나갔다.

#1

고양이 털 뭉치

푸릇한 바람이 불어왔다. 습하고 덥게만 느껴졌던 여름이 절정을 내어주고 있었다. 한낮의 햇볕에 연신 숨을 고르던 민지가 아파트 정문 옆 느티나무 아래에서 걸음을 멈추었다. 선인 1차. 나무에 새겨진 검은색 글씨가 굳건했다. 정문 바로 옆 경비 초소에서는 아무런 인기척도 느껴지지 않았다.

1982년에 첫 입주가 시작되었다는 선인아파트는 총 6개의 단지로 이루어진 대단지 사택 아파트였다. 탄광 노동자들—보다 정확히 말하면 사무직원—을 위해 건축된 아파트였는데, 한때는 웃돈을 얹어 주지 않으면 입주를 꿈조차

꿀 수 없던 시기도 있었다. 방 두 개, 화장실 하나가 딸린 아파트에 예닐곱 명이 복작복작하게 들어차 살던 시절이었다. 열 집이 화장실 하나를 사용하던 게딱지 같은 사택 단지가 가장 평범한 주거 형태였던 선인면에 서울이나 가야 볼 수 있었던 아파트가 들어선 것이다. 선인에 입주한 사람들은 지붕이 하나로 연결되어 있던 사택 단지를 벗어났다는 사실에 행복해했고, 심지어 몇몇은 우월감마저 느꼈다. 이후 시간은 속절없이 흘러 선인 3차와 4차, 6차는 재건축을 기약하며 철거라는 결말을 맞이했다. 물론 새 아파트는 공염불이었다. 빈 땅은 방치되었고, 웃자란 풀과 쓰레기들은 사람들이 떠난 자리를 말없이 대신했다.

선인면은 군청 소재지인 용광읍으로부터 차로 20분 정도 떨어진 거리에 위치한 탄광마을이었다. 용광읍의 중심이 시외버스터미널이라면 선인면의 얼굴은 단연 선인역이었다. 석탄을 나르는 철길은 보통 산속 깊은 곳에 숨어 있었는데, 선인역만큼은 마을의 정가운데 이정표처럼 위치했다. 역전엔 농협과 우체국, 식당, 술집 등이 작은 천을 따라 즐비했다. 물론 흔적뿐이었다. 지금의 선인면은 노인들의 마을이었다. 마을에 마지막으로 아기 울음소리가 들렸던 건 10여 년 전 앳된 얼굴의 필리핀 여성이 남편을 기다리다 집에서 출산을 했던 무더운 날이었다.

다른 말로 하면 선인면은 미숙이 돌아올 이유가 하나도 없는 동네였다. 한여름의 뙤약볕에도, 한겨울의 칼바람에도, 미숙은 20년도 넘게 용광읍에서 선인면으로 출퇴근을 했다. 거센 태풍 바람에 버스 정류장의 간판이 날아갔던 날에도 미숙은 125시시 오토바이에 몸을 맡긴 채 버드나무 가지처럼 휘청거리며 출근부에 도장을 찍었다. 그 이유가 적어도 자식의 학업 때문은 아니었다는 사실만큼은 민지 역시도 잘 알고 있었다. 똥통 소리를 들었던 설백고등학교와 달리 선인면에 소재한 선재고등학교는 입결이 꽤 준수한 편이었다. 선재고가 설백고로 통폐합된 이유는 순전히 학생 수 때문이었다. 선인면에는 이제 고등학생이 살지 않았다. 중학생도, 초등학생도. 선인면에서 미래를 꿈꾸는 아이들은 더 이상 아무도 없었다.

조용한 단지였다. 이따금 들려오는 새소리를 제외하면 팔뚝을 훑는 미세한 바람과 옅은 풀 냄새, 뱅뱅 도는 날벌레들, 그리고 따가운 햇살만이 이곳이 현실임을 자각하게 해 주는 클리셰였다. 목덜미를 따라 흐르는 땀을 닦지 않고 놔두었다. 크게 영근 땀방울이 축축한 피부를 타고 바지춤까지 굴러 내렸다.

민지는 아파트 단지 내부를 찬찬히 둘러보았다. 세월의 흔적은 숨길 수 없었지만 깨진 유리창도 하나 없었고, 분리수거장 역시 단정하게 관리 중이었다. 무엇보다 깨끗하게 세차된 자동차들이 열을 맞추어 가지런히 주차되어 있었다. 근방 1킬로미터 내 편의시설이라고는 단지 내 마트 하나가 전부인 이곳에, 탄광이 문을 닫은 지 벌써 2년도 넘은 이곳에 사람들이 살고 있었다. 민지는 느린 동작으로 단지 안쪽을 향해 걸음을 옮겼다. 등기권리증에 적혀 있던 112동은 여섯 개의 선인 단지들 중 가장 안쪽에 위치한 1단지 중에서도 제일 외진 구석에 위치했다.

엄마가 선인면에 있는 집을 샀다는 사실은 다시 생각해도 의외였다. 그 긴 세월 동안 오토바이로 출퇴근을 하면서도 용광읍을 떠나지 않았던 미숙이었다. 그런데 탄광 일을 그만두고 선인면에 집을 사다니, 아무리 생각해도 엄마를 이해할 수가 없었다.

1층 공용 현관의 알루미늄 문짝은 냄비 뚜껑만큼이나 가벼웠다. 모서리가 뒤틀려 꽉 닫히지 않는 문을 힘주어 밀며 민지는 등기권리증에 적혀 있는 주소를 다시 한번 확인했다.

강원도 설백군 선인면 선인 1차 112동 108호.

엘리베이터는 없었지만 복도식이 아닌 계단식 아파트였다. 앞집인 107호 옆엔 계단을 따라 찌그러진 종이 박스들과 고약한 냄새를 풍기는 항아리, 살이 튀어나온 우산 등이 지저분하게 널브러져 있었다. 얼굴 한번 보지 못한 상대였지만 말을 섞고 싶지 않았다. 앞집 사람과 안면을 트기 전 한시라도 빨리 이곳을 떠나야겠다는 생각이 낡은 항아리가 풍기는 악취처럼 지끈한 머리에 스며들었다.

도어 록이 아닌 열쇠로 문을 여는 집은 전생이었나 싶을 만큼 오랜만이었다. 귀퉁이가 맞지 않는 어두운 하늘색 현관문을 천천히 당겼다. 칠이 벗겨진 철모서리가 바닥을 긁는 소리가 낮은 층고에 둔탁하게 울렸다. 그리고 엄마의 세계가 펼쳐졌다. 작은 아파트에 담긴 엄마의 세계는 희뿌연 촌스러움이었다.

단어 그대로 눈앞이 온통 희뿌옜다. 가구나 벽지에 붙어 있던 털들이 텁텁한 바람을 타고 현관 쪽으로 날아왔다. 물처럼 흐르는 콧물을 손등으로 닦아 낸 민지가 서둘러 건물 밖으로 뛰어나갔다. 안구 뒤쪽이 뻐근했다. 점성 가득한 눈물이 내안각에 가득 차오르며 진득한 눈물이 속눈썹에 들러붙었다.

오랜만에 느껴 보는 가려움이었다. 콧잔등을 씰룩이며 고개를 뒤로 젖혀 보았지만 이제 막 흐르기 시작한 콧물은 멈출 기미가 보이지 않았다. 민지는 옷소매를 끌어당겨 콧물을 훔쳐 냈다. 증상이 더 심해지기 전에 약국부터 찾아야 했다. 온몸에 힘을 주며 휴대폰을 손에 드는데 등 뒤에서 인기척이 느껴졌다. 앳된 목소리였다.

"혹시 고양이 털 알레르기 있으세요?"

한 손으로 코를 가린 민지가 천천히 몸을 돌렸다. 그녀의 앞엔 무거워 보이는 책가방을 앞으로 멘 고등학생이 삐딱한 자세로 서 있었다. 커다란 눈망울, 짙은 쌍꺼풀, 낮은 콧대, 연갈색 피부. 소녀는 혼혈이 분명했다.

아이가 민지를 향해 다시 물었다.

"고양이 털에 노출되면 눈이 충혈되고, 콧물처럼 진득한 눈물이 차오르죠? 콧물도 멈추지 않고, 심하면 피부발진도 생기고."

"나 누군지 알아요?"

소녀는 대답을 하는 대신 베란다 앞쪽으로 걸음을 옮겼다. 뒷산을 마주 보고 있는 112동은 남향으로만 구성된 선인 단지들 중 유일하게 동향으로 지어진 동이었다. 아이는 낮은 울타리를 넘어 베란다와 연결된 작은 텃밭으로 들어갔다. 그러고는 얼룩덜룩한 통창에 얼굴을 붙이고 거실 안을 들여다보는 시늉을 했다.

"마릴린은 아무래도 집을 나간 거 같죠?"

"마릴린?"

여전히 영문을 모르겠다는 표정의 민지를 소녀가 가만히 뒤돌아보았다. 중천을 넘어간 햇살이 아이의 피부 위로 반짝거리며 떨어져 내렸다.

"로라 여사님이 키우던 고양이요."

"그게 누군데요?"

"로라 여사님이 누구신지 몰라요?"

경계심과 적개심, 그 어딘가에 몸을 기댄 목소리였다. 사회생활을 하며 대외용 친절에 길들여져 있던 민지는 애 좀 봐라, 하는 표정을 숨기지 않았다. 눈앞에 서 있는 아이의 까칠함이 익숙하면서도 안쓰러웠다. 자신 역시 통성명을 하고, 전화번호를 교환하고, 또 몇 번의 식사를 한 후에도 마음을 쉽게 열지 못하는 성격이었다. 누구누구 님, 누구누구 씨, 선생님, 사장님, 저기요. 마케터로 살아남기에는 결코 유리한 성격이 아니었기에 서른이 넘어가면서부터는 강제로 넉살을 장착하고 생활 전선에 뛰어들었다. 돈

버는 자아와 방구석 자아는 전혀 다른 인격체였다. 그들은 같은 집에서 등을 돌린 채 살아가는 불편하고 안쓰러운 동거인들이었다.

바람이 불어왔다. 소녀는 시뻘겋게 충혈된 민지의 눈을 바라보며 입 주변 근육을 달싹거렸다.

"괜찮으시면 로라 여사님 집 청소를 제가 대신 해도 될까요?"

"뭐라고?"

피할 도리 없이 지어 버린 놀란 기색을 숨기려 했지만 속마음은 미처 감추지 못했다. 색을 잃은 입술 사이에서 튀어나온 예상치 못한 말에 민지는 속이 울렁거렸다. 지금 태어나서 처음 보는 아이가 죽은 엄마의 집을 청소하겠다고 말하고 있었다. 현실감이 느껴지지 않았다. 엄마의 부고를 처음 전해 들었을 때만큼이나 머리가 얼얼했다. 바람에 흩날리던 검은 머리카락이 연갈색 이마 위에 들러붙었다. 그 머리카락에 시선을 고정시키며 민지가 느리게 입을 열었다.

"재미있네."

"재미있으면 안 되죠. 고양이 털 알레르기가 있는 사람이 굳이 이곳을 찾아왔다는 게 무슨 의미인지 알고 있는데."

새들이 지저귐을 멈추고, 무거운 침묵이 망해 가는 설백 땅에 내려앉았다. 한쪽 입꼬리가 뒤틀린 민시의 얼굴을 가만히 바라보던 소녀는 베란다 앞으로 성큼성큼 되돌아가 허리춤까지 오는 방범창을 크게 열었다. 그 안에는 반려동물 출입구가 숨어 있었는데, 아이는 질퍽한 흙바닥에 망설임 없이 쪼그리고 앉아 출입구 안쪽으로 팔을 집어넣었다. 잠시 뒤, 교복 소매에 새하얀 고양이 털들이 묻어났다.

"열쇠는 안쪽에 그대로 있네요. 저, 이 문 열고 들어간 적 한 번도 없으니까 없어진 물건이 있어도 제 탓은 아니에요."

톡 쏘는 목소리가 어쩐지 범죄를 고백하는 고해성사로 들렸지만 엄마의 유품에는 어차피 아무런 관심도 없었다. 팔짱을 끼고 삐딱한 자세로 서 있던 민지가 여전히 자리에 쪼그리고 앉아 있는 아이를 불러 일으켰다.

"여기 살던 분이랑 꽤 친했나 봐?"

두 사람이 무슨 관계였는지까지는 물어보지 않겠다고 말을 막 꺼내려던 참이었다. 자리에서 일어난 소녀가 엉덩이께에 팡팡 소리가 나게 손을 털었다. 고양이 털 한 뭉치가 진회색 교복 치마 위에 흩날리자 급하게 몸을 돌린 민지가 반사적으로 재채기를 쏟아 냈다. 그 모습을 가만히 지켜보며 소녀가 건조한 목소리로 대답했다.

"로라 여사님은 좋은 사람이었어요. 만만한 사람도, 막 대할 사람도 아니었고. 한번 잘 생각해 봐요."

가족장을 택한 건 어쩔 수 없는 선택이었다. 돈도 돈이었지만 무엇보다 누구에게 부고를 전해야 좋을지 알 수가 없었다. 엄마의 유품 중에 휴대폰이 없었다. 요양병원 원장은 처음 입원할 때부터 미숙에겐 휴대폰이 없었다며, 그래도 비상 연락처에 적어 놓은 딸 전화번호가 바뀌지 않아 다행이라고 호들갑을 떨었다.

"김미숙이는 젊을 적에도 벨나더만 죽을 때까지도 참 벨나. 휴대폰 없이 여기 들어온 사람, 김미숙이가 유일하다니까?"

보호자가 없는데 어떻게 입원이 가능했느냐는 물음에는 낯선 이름이 튀어나왔다.

"그게, 원래는 가족이 직접 와야 하지만 김미숙이 사정 뻔히 알면서 어떻게 그래요. 송 씨가 만에 하나 병원비 부족하면 자기가 책임질 테니 걱정 말라고 이야기해서 그냥 그러기로 했지. 그래도 김미숙이한테 중요한 결정은 가족이 해야 한다고 설명하니 그저 죽은 사람처럼 숨죽이며 따님 번호 적어 놓습디다. 이래 봐도 내가 원리원칙주의자거든.”

엄마는 병원비를 남기시 않았다. 애초부터 돈이 있었던 건지 아니면 송 씨라는 사람이 대납해 준 것인지까지는 알 수 없었지만 원무과 직원은 발인을 하는 날까지 민지에게 돈 이야기를 꺼내지 않았다.

당혹스러운 건 차가운 염습대 위에 누워 있는 엄마의 얼굴을 본 순간 주체할 수 없는 눈물이 쏟아졌다는 사실이었다. 까딱했다가는 사람들이 한없이 애틋했던 모녀 사이였다고 오해를 할 것 같았다. 10년 가까이 부르지 않았던 엄마, 라는 단어가 쉴 새 없이 방언처럼 터져 나왔다. 엄마, 엄마, 엄마, 엄마아아.

운구는 병원 직원들의 도움을 받아 진행했다. 생판 남인 사람들이 온통 눈물바람으로 엄마의 마지막을 배웅했다. ‘인간 김미숙’의 병원 생활이 궁금해진 지점이었다. 도대체 무엇을 어떻게 해 주었기에 죽음이 익숙할 요양병원 직원들이 이렇게까지 울어 주는지, 이해가 가지 않았다. 그저 정과 눈물이 많은 사람들이라 치부하기엔 그들의 눈물은 전염을 일으킬 정도로 농도가 짙었다. 환자가 아니라 은인인가 싶었다. 돈이라도 쥐여 준 건가 하는 의심이 들 정도였다.

빈소를 차리지 않으니 삼일장은 생략되었다. 매장에는 비용이 많이 들어 화장을 선택했다. 푹신한 침구를 좋아했던 엄마였으니 딱딱한 나무 관에 누워 있는 것보다는 나은 결정일 것이라 생각하기로 했다. 그럼에도 수목장이든 납골당이든 다시 찾을 자신은 없어 유택 동산을 골랐는데, 이로써 긴 시간 혼자였던 엄마는 이제 더 이상 외롭지 않을 것이었다. 외로워서 서러웠던 사람은 어쩌면 처음부터 그녀 한 명뿐이었을지도 몰랐다. 겨우 멈추었다 싶었던 눈물이 차올랐다. 한동안 숨을 죽였던 눈물은 엄마의 마지막을 배웅하며 저 누울 자리도 몰라보고 주책맞게 흘러내렸다.

태풍처럼 거센 바람이 불어왔다. 곱게 갈린 뼈가 하얀 면장갑 위에서 흩날렸다. 힘이 들어가지 않는 손으로 아직 따뜻한 엄마를 꽉 붙드는데, 가려움과 함께 새 눈물이 차오르며 묽은 콧물이 흘러내렸다. 다급하게 주위를 둘러보니 역시나, 고양이가 있었다.

대리석 기둥 뒤, 햇살이 내리쬐는 양지바른 자리에 새하얀 고양이가 앉아 있었다. 길고양이라기엔 품종 묘처럼 보이는 녀석은 민지의 눈총에도 아랑곳하지 않고 자신이 앉은 자리를 끝까지 지켰다. 공동 유골함에 김미숙이 온전히

누울 때까지 눈 한 번을 깜빡하지 않았다. 그저 모든 절차
가 끝날 때까시 한 우주가 사라지는 장면을 소금 기둥이
된 삼신할미처럼 말없이 지켜보았다.

탄광마을
사우나

2

티라미수케이크

치악휴게소는 붐비는 날이 유독 많았다. 크지 않은 휴게소인데도, 평일인데도 그랬다. 오늘은 주차할 자리조차 없는 건가 하는 생각이 들 즈음 주유소 방향 태양광 패널 아래쪽으로 빈자리가 보였다. 아랫배가 팽팽하게 당겨 왔다. 부산 방향 중앙고속도로만 타면 생기는 고질병이었다.

화장실을 향해 걸음을 재촉했다. 중년 혹은 노년의 여성들로 가득 찬 여자 화장실은 오일장이 선 시장통처럼 복작거렸다. 미리부터 바지춤을 풀어 내린 할머니들은 볼일을 본 후에도 속옷을 추켜올리며 밖으로 나왔다. 용변이 급한 사람에 대한 배려인지 그저 습관인지 모를 과감한 행동들을 지켜보며 민지는 중학생 시절을 떠올렸다.

유독 배가 아팠던 날이었다. 쉬는 시간 종이 울리자마자 문을 열고 밖으로 달려갔지만 구석진 교실의 위치 탓에 화장실엔 이미 빈칸이 없었다. 벽을 짚고 다리를 꼬아 보았지만 무용지물이었다. 그래도 무조건 참아 내야 했다. 자칫 실수라도 했다가는 더는 얼굴을 들고 학교에 다닐 수 없을 것이었다. 따돌림은 어쩔 수 없다고 해도 조롱의 대상마저 되고 싶지는 않았다.

백지장처럼 새하얘진 얼굴로 연신 식은땀을 흘리며 서 있을 때였다. 처음 보는 후배 한 명이 민지에게 자신의 차례를 양보했다. 이유를 물을 여유도 감사 인사를 전할 정신도 없었다. 결국 맨 뒤로 가서 다시 줄을 선 후배는 종이 친 다음에야 교실에 들어갔고, 수업 내내 복도에 서 있어야 했다, 고 누군가 쑥덕거리는 얘기를 몰래 엿들었다. 그날의 다급함은 지금도 생생했지만 자신의 차례를 양보해 준 후배의 얼굴은 기억이 나지 않았다. 시간은 나이를 선물하고 기억을 앗아 갔다. 찰나처럼 흘러가는 젊음은 유리벽으로 둘러싸인 망상 속 허상이었다.

커피 한 잔을 손에 들고 휴게소 옆 작은 공원으로 들어섰다. 설백에 가기 전 항상 들르는 아지트였다. 벤치에 앉아 커피를 마시다 고개를 돌리니 알록달록한 등산복을 입은 또 다른 어르신 무리가 관광버스에서 내리는 모습이 눈에 들어왔다. 잔뜩 멋을 부린 중년의 얼굴들에 엄마의 환영이 덧대어졌다. 탄광에서 일했던 엄마는 착장부터가 남달랐다. 요양병원 원장의 말마따나 설백 땅에서는 아주 유우명한 사람이었다.

번영의 단물에 젖어 있던 설백은 우리나라를 대표하는 석탄산업도시였다. 돈 냄새는 가난한 사람들을 자석처럼 끌어당겼다. 살기 위해 탄광까지 제 발로 걸어온 이들은 텅 빈 주머니에 체력 하나만을 그득하게 넣어 놓고 게딱지 집으로, 까치발 집으로 끝도 없이 줄을 선 일개미들처럼 모여들었다.

주 6일 근무가 당연했던 시절, 탄광의 휴일은 서울만큼이나 활기찼다. 일주일에 하루 있는 빨간날, 젊은 부모들은 재충전을 위한 쉼 대신 아이들과의 추억에 인생을 할애했다. 프린스, 엘란트라, 엑센트, 티코 등이 인도와 차도가 구분되지 않는 도로 위를 거침없이 달렸고, 각 그랜저나 무쏘, 엄마가 좋아했던 티뷰론이 가끔씩 사람들의 시선을 받으며 용광읍 시내를 가로질렀다. 언제나처럼 많은 이들이 주어진 하루에 최선을 다했던 시간이었다. 고깃집과 술

집에 탄가루 묻은 돈이 낙엽처럼 굴러다니던 시절이었다.

그리고 그토록이나 소중한 일요일, 민지는 엄마인 미숙의 손에 이끌려 성당을 찾았다. 용광읍 한가운데 있던 설백성당은 설백군 전체를 통틀어 하나밖에 없었던 지역 성당이었다.

무채색 옷차림을 한 대부분의 사람들과 달리 미숙은 언제나 새빨갛거나 새파란 혹은 샛노란 원피스를 입고 성당을 찾았다. 60년대 미국 여배우들처럼 머리카락 끝을 둥글게 말았고, 한두 군데 올이 나간 실크 스카프도 목에 감았다. 항상 굽이 있는 뾰족구두를 신었으며, 가짜 보석으로 만든 귀걸이도 착용했다. 유별난 착장이었지만 신자들은 미숙과 민지 모녀를 따돌리지 않았다. 중년의 신부님은 가끔 민지의 손에 아폴로, 맥주 사탕 따위의 군것질거리를 쥐여 주었는데, 민지는 신부님이 주는 간식을 먹지 않았다. 왜인지 이유는 기억이 나지 않았지만 어린 시절 민지는 신부님을 좋아한 적이 없었다.

오전 미사가 끝나면 조금 이른 점심 식사 시간이 찾아왔다. 별다른 일이 없는 경우 성당 사람들은 한자리에 모여 함께 점심을 먹었는데, 미숙은 언제나 민지를 식당에 데려다준 후 급한 약속이 있는 사람처럼 집으로 되돌아갔다.

성당 어른들은 광산에서 삼교대 선탄부로 일하는 미숙에 겐 집안일을 할 시간이 귀할 것이라며 어렸던 민지를 애써 위로했다. 석탄공사는 탄광에서 남편을 잃은 과부들에게 선탄장에서 일할 수 있는 기회를 우선 부여했다. 광부였던 미숙의 남편은 탄광에서 목숨을 잃었다. 자세한 내막은 알 수 없었는데, 어른들은 아무도 민지 앞에서 그날 있었던 일을 입에 올리지 않았다.

엄마 없이 성당에 홀로 남겨진 민지는 친구들과 함께 넓 지만 작은 동네를 구석구석 누볐다. 학교에 들어가기 전까 지만 해도 그녀는 무르팍에 상처가 가시지 않던 골목대장 이었다. 가끔은 엄마가 바빠서 오히려 다행이라는 생각이 들었던, 순진하고 평범한 어린이였다.

바람이 불자 푸른 단풍나무가 흔들렸다. 자리에서 일어 선 민지는 절반 이상 남은 커피를 화장실 세면대에 부어 버리고 운전석을 향해 걸어갔다. 서류 작성을 마무리 지으 려면 한가하게 감상에 젖어 있을 시간이 없었다. 오늘은 그동안 미뤄 왔던 엄마의 사망신고 서류를 작성하기로 한 날이었다.

떠난 사람은 한 줌 재가 되어 흙에 누우면 그만이었지만 남은 사람은 떠난 이의 흔적을 지우거나 혹은 보존하기 위해 몇 달 동안 신경을 곤두세워야 했다. 행정복지센터에서 사망신고서를 작성하고, 각종 금융기관들을 방문하고, 국민연금관리공단에 연락하고, 통신사 대리점에 직접 찾아가 휴대전화번호를 해지하는 일 따위들이 모두 남은 자의 몫이었다. 연을 끊은 부모라 여기고 산 세월이 10년이었지만 생물학적·법적 혈연관계는 엄마에게 등을 돌리고 누워 있던 시간보다 훨씬 더 짙고 질겼다. 코딱지만 한 금액일지라도 상속이 껴 있는 경우엔 더 그랬다.

농협의 위치는 요양병원에서 멀지 않은 시내 중심가였다. 민트색 가죽 의자에 자리를 잡고 앉은 민지는 손에 들고 있던 휴대폰을 주머니에 집어 넣었다. 게임도, 유튜브도, SNS도 오늘따라 모두 재미가 없었다. 심지어 포털사이트의 기사들도 죄다 지루한 정치 뉴스들뿐이었다. 엄마의 다이어리에 적혀 있던 문구가 머릿속에 떠오른 건 그즈음이었다.

사우나 바닥에 묻어 놓은 3천만 원을 결국 돌려받지 못했다.

사우나, 사우나라. 설백은 시간이 멈춘 도시였다. 군청

소재지인 용광읍조차도 그랬다. 읍내 외곽으로 고층 아파트가 몇 들어오긴 했지만 거기까지였다. 소멸해 가는 산골 마을에 발전 따윈 없었다. 멀쩡히 있던 목욕탕들까지 모두 문을 닫았을 정도였다.

낮은 수조에 장난감을 띄우다 혼쭐이 났던, 한약 냄새 풍기는 한증막에 들어갔다 얼굴이 벌게져 도망쳐 나왔던 목욕탕들이 모두 문을 닫았다. 다 같이 벌거벗고 목욕을 하는 문화가 사라진 시대에 목욕탕의 소멸은 자연스러운 현상이라지만 어딘지 모르게 쓸쓸한 감정이 들었다. 살갗을 맞대던 안녕들을 시계태엽 안에 묻고도, 이해할 수 없는 허탈함은 새벽녘 연무처럼 마음 한구석에 여전히 남아 있었다.

엄지손가락으로 지도 앱을 눌렀다. 액정 속 농협 위에 파란 점이 떠올랐다. 사우나. 손가락이 가는 대로 단어를 입력하니 금세 소축척으로 지도가 바뀌며 온천 기호 하나가 표시되었다. 검지와 중지로 지도를 요리조리 옮겨 보아도 사방 30킬로미터 이내에 사우나는 오직 한 곳뿐이었다. 파란 점이 찍힌 곳은 선인면 초입, 엄마의 아파트로 들어가는 길이었다. 민지의 미간에 주름이 졌다.

'탄광마을 사우나.'

설백까지 온 이상 3천만 원이 묻혀 있을지도 모를 사우나에 가 보지 않을 이유는 어디에도 없었다. 소요 시간도 차로 15분 정도밖에 걸리지 않았다. 잠시 뒤, 64번 고객님을 부르는 목소리가 들려왔다. 엄마의 신분증, 기본증명서, 가족관계증명서, 사망진단서를 챙겨 든 민지가 자리에서 일어섰다. 서류봉투를 든 손가락 끝이 얼음장처럼 차가워졌다. 창구로 향하는 발걸음이 무거웠다. 물이 가득 채워진 냉탕을 걷고 있는 기분이었다.

선인면은 용광읍에서 태백산 방향으로 15킬로미터 정도 떨어진 지점에 위치한 마을이었다. 영월, 정선, 태백과 경계를 맞닿은 곳으로, 전국에서 가장 많은 수갱이 위치한 지역이기도 했다. 조금 다른 이야기로 선인면은 심마니들의 성지이기도 했는데, 전국에서 자연산 인삼이 가장 많이 채취되는 동네가 바로 설백군 선인면이었다. 90년대에는 광업소 직원들과 심마니들 간의 주먹다짐이 뉴스 하단에 나오는 일도 종종 발생했을 정도였다.

왕복 이차선 도로를 달리다 녹음이 우거진 삼거리를 지나가면 골짜기를 흐르는 개울 옆으로 넓은 분지가 등장했다. 평균해발고도가 9백 미터에 달한다는 태백보다야 고도가 낮았지만, 자동차로 급경사를 오르다 보면 한쪽 귀가 금세 먹먹해지는 동네였다. 민지는 마을 초입 내리막 커브에서 조심스럽게 브레이크를 밟았다. 커다란 느티나무에 가려져 있던 붉은색 굴뚝이 조금씩 모습을 드러냈다. 사우나가 있다는 사실을 한 번 인지하고 나니 세월의 흔적을 입은 '여관', '♨목욕탕'이라는 글자가 제법 선명하게 눈에 들어왔다. 마치 얼마 전 페인트칠을 새로 한 건물처럼 보였다.

잡초가 듬성듬성 난 공터에 차를 대고 안전벨트를 풀었다. 전반적으로 어수선한 분위기가 꼭 운영을 하지 않는 업장처럼 느껴졌다. 이곳이 버려진 장소가 아니라는 유일한 증거는 1층에 난 좁은 창으로 새어 나오는 전구색 불빛뿐이었다. 차 문을 연 민지가 밖으로 다리를 내밀었다. 까마귀 떼의 울음소리가 어지럽게 들려왔다.

'목욕'이라고 적혀 있는 어두운 유리문을 밀었다. 그런데 카운터가 보이지 않았다. 심지어 불이 들어와 있는 곳은 남탕뿐이었다. 한참을 망설이던 민지는 크게 숨을 내뱉은 후 남탕의 손잡이를 잡았다. 질끈 감은 두 눈꺼풀에 저절로 힘이 들어갔다.

그런데 짙은 색 필름지가 붙어 있던 남탕 안에서 풍겨

온 건 특유의 스킨 냄새가 아닌 고소한 커피 향이었다. 카운터 안쪽에서 커피를 내리고 있던 남자가 고개를 들어 민지를 응망했다.

딸―랑, 한 박자 늦게 종소리가 울렸다.

"무슨 일로 오셨어요?"

선 자리에 그대로 얼어붙은 민지가 입술을 뻐끔거렸다.

"저, 남탕에 들어오려고 들어온 건 아닌데요. 원래는 여탕에 가려고 했는데 밖에 카운터가……."

"사우나 찾아오셨어요? 죄송하지만 사우나는 몇 달 전에 영업을 종료했습니다."

그제야 정신이 번쩍 든 민지가 황급히 주변을 둘러보았다. 분명 남탕이었지만 남탕이 아니었다. 사용감 있어 보이는 소파 두 개와 나무 의자 여럿, 디자인이 제각각인 테이블들이 듬성듬성 놓여 있는 이곳은 개업을 준비 중인 것처럼 보이는, 카페였다. 목욕탕의 흔적은 어디에도 보이지 않았다. 카운터 안쪽에 서 있던 남자가 앞치마에 손을 닦으며 느린 걸음으로 걸어 나왔다.

"여기가 사우나였던 건 맞는데, 카페로 업종 변환을 했어요. 아직 공사 중인데. 괜한 걸음 하셨네요. 죄송합니다."

"그럼……."

멋대로 들어와 죄송하다는 말을 꺼내려던 참이었다. 민지의 입에서 기침이 터져 나왔다. 안 그래도 붉게 달아올라 있던 이마와 콧등, 광대가 금세라도 터질 것처럼 시뻘겋게 물들었다.

"물 한 잔 드릴까요?"

괜찮다거나 고맙다거나 하는 말을 채 꺼내기도 전이었다. 카운터 뒤쪽으로 성큼성큼 걸어간 남자는 미지근한 물을 유리잔에 따라 민지에게 내밀었다. 물컵을 받아 드는 민지의 몸통이 기침과 함께 앞뒤로 흔들렸다. 눈물이 차오르고, 카페의 내부가 제멋대로 흔들렸다. 눈두덩이를 손등으로 꾹 누르자 상기된 피부 위로 진득한 눈물이 묻어났다.

세상이 흔들리는 경험을 좋아하지 않았다. 몇 번이나 목례를 건넨 민지가 한 모금씩 끊어 가며 물을 들이마셨다.

"죄송해요. 고맙습니다. 그럼 아직 개업은 안 하신 거죠?"

"네, 인수를 받은 지 아직 몇 달 안 되어서요."

"몇 달이요?"

희미한 미소를 지어 보인 남자가 고개를 가로저었다.

"대답이 조금 이상했을까요? 여긴 삼촌한테 상속으로 받은 곳이거든요. 원래는 폐업을 하고 땅을 팔려고 했는데, 굴뚝까지 있는 이런 목욕탕은 철거에만 억 단위가 들어가서요. 가족들 중 아무도 상속을 받으려 하지 않아서 제가 총대 메고 카페를 해 보기로 했어요. 뭐, 리모델링은 셀프로 하고 있지만.”

물잔을 내려놓은 민지가 다시 한번 힘주어 눈을 끔뻑였다.

“리모델링을 셀프로 하신다고요? 이렇게 넓은 곳을 혼자서요?”

“철거는 빼고요. 벽돌로 워낙 튼튼하게 지은 건물이라 때려 부수는 건 엄두가 나지 않더라고요. 어차피 폐기물 처리도 해야 했고.”

민지는 다시 한번 카페를 둘러본 후 깊게 숨을 들이쉬었다. 진한 커피 향 사이로 어렴풋하게 페인트 냄새가 느껴졌다. 벽을 칠하는 행위, 가구를 들이는 행위 등은 모두 품과 시간을 많이 요구하는 중노동이었다. 다시 보니 남자의 몸이 제법 다부졌다. 몸 쓰는 일을 꾸준히 해 온 사람인 것 같았다.

남자는 에스프레소 머신 위에 손을 올렸다.

“커피 드세요?”

“매일 마시죠.”

“어떤 커피 좋아하시는데요?”

“달지 않은 건 가리시 않고 다 마셔요. 그럼 지금 커피 주문되나요? 아직 개업 전이긴 하지만.”

“제가 한 잔 대접할게요.”

“아니에요. 돈 내고 마시게 해 주세요.”

“사우나를 찾아오신 분이니 어쩐지 삼촌 손님 같아서 그래요. 부담 갖지 말고 맛보고 가세요. 드립커피도 괜찮으시죠? 이건 제가 제일 좋아하는 원두인데, 에티오피아에서 건너온 하라르라는 원두예요.”

낯선 이의 친절은 긴장을 완화시켜 주는 최고의 처방전이었다. 민지는 한껏 쌓여 있던 긴장이 풀리며 온몸이 나른해지는 걸 느꼈다. 새어 나오려는 하품을 요령 있게 삼키고 서둘러 작은 냉장고 앞으로 걸음을 옮겼다. 불이 꺼진 쇼케이스 안에는 알록달록한 케이크 모형들이 놓여 있었다.

“여기 조각 케이크들도 다 판매하시는 거죠?”

“아, 모형이요? 나중에 정식으로 오픈하면 여기는 실제 케이크들로 바꿀 거고, 거기에 있는 모형들은 입구 쪽에 진열해 놓을 거예요.”

고개를 끄덕인 민지가 모형 케이크들을 하나하나 둘러

보았다. 까망베르더블치즈케이크, 블랙체리타르트초코케이크, 포테이토애플케이크, 로라케이크…… 로라케이크?

들어 본 적 있는 이름이었다. 잊을 수 없는 단어이기도 했다. 귓불이 붉어진 민지가 호흡을 조절하며 작은 목소리로 말을 꺼냈다.

"이건……."

"아."

'로라케이크'라는 단어를 들은 남자는 애틋한 미소를 지어 보였다. 그는 갓 내린 커피를 쇼케이스 위에 내려놓고 허리를 숙여 로라케이크 모형을 꺼내들었다.

"티라미수케이크예요, 겉모습은 재를 뒤집어쓴 것 같아 보여도 속은 한없이 촉촉하고 부드러운. 사실 여기 있는 케이크들 중에서 제가 유일하게 직접 만드는 케이크이기도 해요. 그냥 납품을 받아도 되지만 이건 누군가에 대한 헌사와 위로가 담겨 있는 빵이라서."

남자의 시선이 로라케이크의 모형 위에서 민지의 얼굴로 옮겨 갔다. 그는 민지의 얼굴을 빤히 바라보았다. 민지는 남자의 시선을 피하지 않았다.

3

달방

고객이 전화를 받지 않아 삐 소리 후 음성사서함으로 연결됩니다. 연결 후에는 통화료가 부과됩니다.

청소업체 사장은 전화를 받지 않았다. 선인아파트 112동 7-8호 라인 1층 출입구 앞에 쪼그리고 앉아 있던 민지는 한숨을 쉬며 중고 거래 사이트 앱을 열었다. 청소업체 사장과 나누었던 대화가 여섯 페이지도 넘었다. 이제 모두 부질없어진 대화 내역을 그녀는 왼쪽 엄지손가락으로 하릴없이 밀어 올렸다.

그럴 경우 빈집가구처리 + 일반입주청소(18평) + 고양이털제거 특수청소 + 오지산간추가(3만원) 해서 비용은 총 30만 원입니다.

국도까지 자차로 20분이면 진출하고 태백선과는 10분 밖에 떨어져 있지 않은 아파트가 왜 오지산간인지 따져 묻고 싶었지만 손가락을 멈추고 입을 다물었다. 강원도 지도를 펼쳐 놓고 설백, 영월, 정선, 태백의 위치를 짚어 보라 하면 고개를 갸웃거릴 사람이 태반이었다. 어릴 적 연인 중에는 같은 강원도라는 이유만으로 철원과 태백이 옆 동네인 줄 아는 사람도 있었다. 매년 동해안으로 피서를 다녔던 전 직장 동료는 고성—속초—양양—강릉—동해—삼척으로 이어지는 동해안 라인을 구분하지 못했다. KTX 경강선의 종착역이 있는 강릉을 제외하면 다 그게 그거 아니냐는 속 편한 구분이었다. 물론 민지는 아무런 대꾸도 하지 않았다. 사실 그녀 역시도 철원, 화천, 양구, 인제 등 강원도 북부 도시들에 대해선 알고 있는 것들의 거의 없었다.

중요한 건 계약금을 무려 10만 원이나 입금했는데 상대방이 잠수를 탔다는 사실이었다. 세차를 한 지 세 달도 넘은 준중형 세단의 뒷좌석과 트렁크는 이미 짐들로 가득했다. 무슨 부귀영화를 누리겠다고 이토록이나 무모한 결심을 했는지, 민지는 지난주의 자신이 이해되지 않았다.

그녀는 마게터였다. 대학 졸업을 미루며 1년 반 가까이 취업 준비를 했고, 30대 기업에 속하는 대기업 계열사에 어렵사리 입사했다. 명성에 걸맞게 야근은 많았지만 명성에 누가 될 정도로 연봉이 아쉬웠던 그곳에서 민지는 무려 6년이라는 시간을 버텨 냈다. 1년이 지나면 신입의 절반이 사라지는 회사였지만, 적지 않은 월세 보증금을 모두 사기당한 상황에서 이직이라는 선택지는 신기루 같은 허상이었다.

두 번의 진급 누락과 한 번의 승진을 경험했다. 뼈를 묻을 것 같았던 그곳에서 나오게 된 계기는 스타트업 회사로부터의 이직 제안이었다. 지금 회사에서 받는 연봉에 성과급까지 모두 더해도 새 회사가 제안한 연봉보다 수백 이상이 적었다. 몇 달의 고민 끝에 신중하게 이직을 단행했지만 3년 후 맞닥뜨린 현실은 상장폐지와 부도, 대표이사의 구속이라는 결말이었다. 기대했던 퇴직금은 한 푼도 받지 못했다. 역시 제2의 아마존 창립 멤버는 아무나 되는 게 아니었다.

그렇게 프리랜서가 되었다. 회사에 출근하면 과하다 싶을 정도로 많은 일들을 했던 것 같은데, 신입도 팀장급도 아닌 애매한 연차의 마케터는 구인 시장에서 잔인하리만치 인기가 없었다. 연봉이 3천도 되지 않는 중소기업으로 몇 번 출근을 해 보기도 했지만 절차는 개나 줘 버린 인수인계, 1인 기업인가 싶은 업무 분장, 얼굴도 한번 본 적 없는 가족 임원들과 90년대를 방불케 하는 기업문화 등이 민지로 하여금 프리랜서의 길을 선택하게 만들었다. 그래도 다행히 시대가 바뀌어 소기업, 자영업자들과의 개별 컨택이 과거에 비해서 수월해졌다. 만악의 근원이라는 소셜미디어가 누군가에게는 소중한 기회이자 밥줄이었다.

허세였을 뿐일 공유 오피스와의 계약을 취소한 건 몇 달 혹은 단 몇 주만이라도 선인면에 있어야겠다는 판단 때문이었다. 엄마의 다이어리에서 읽었던 3천만 원이 마음에 걸렸다. 사우나 밑에 묻혀 있다는 3천만 원의 사연이 궁금했다. 언제라도 미련 없이 설백을 떠날 준비는 물론 30년도 더 이전부터 되어 있었다.

끙 소리와 함께 자리에서 일어선 민지가 텃밭을 마주한 베란다 방향으로 자리를 옮겼다. 청소를 하지 않고 아파트 내부에 들어갈 방법이 떠오르지 않았다. 베란다 창에 코를 붙이고 유리창 너머를 들여다보자 코가 간질거리는 느낌이 찾아왔다. 소리 나지 않는 비명을 내지른 건 그즈음이었다. 등 뒤에서 인기척이 느껴졌다.

"뭐야, 놀랐잖아."

"왜 그러고 있어요?"

그때 그 여학생이었다. 교복 차림인 건 여전했지만 지난 번과 다르게 가방을 들고 있지 않아 노란색 명찰이 적나라하게 보였다. 공서연. 누군가의 이름을 처음 입에 머금는 순간은 약간의 설렘과 그보다 큰 긴장감이 봄철 송홧가루처럼 날아들어 달뜬 두피를 노목의 껍질처럼 부석거리게 만들었다. 서연은, 꽤 많은 10대들이 그러하듯, 무시인지 무관심인지 모를 표정으로 민지를 바라보고 있었다.

민지는 몸을 돌려 서연을 마주 보고 섰다. 중천에서 넘어가기 시작한 가을 해에 미간이 찌푸려질 정도로 눈이 부셨다.

"여긴 또 무슨 일이야?"

"왜요? 내가 오면 안 될 곳 왔어요?"

"혹시 여기 사니?"

말을 꺼내자마자 아차 하는 생각이 들었지만 이미 뱉은 말을 주워 담을 수 있는 방법은 어디에도 없었다. 어린 학생에게 선인아파트에 사느냐는 말은 실례되는 질문이었다. 낡은 아파트였다. 정연하게 관리되고 있다고는 하나

지하 주차장은커녕 엘리베이터도 없었고, 심지어 몇몇 집들은 1982년 이후로 리모델링을 한 번도 하지 않아 재래식 화장실과 연탄 난방을 사용하기도 했다. 2시간에 한 대 오던 버스마저 폐선된 이 동네에서 가장 가까운 고등학교는 용광읍에 있는 설백고등학교였다. 제대로 된 부모라면 이곳에서 아이를 키울 리가 없었다. 선인아파트는 석탄공사로 인해 먹고살았던 가난한 이들이 이사 갈 집을 구하지 못해 버티고 있는 마지막 피난처였다.

서연은 무덤덤해 보였다.

"집 안에는 들어가 봤어요?"

답을 알고 하는 질문이었지만 선뜻 대답이 나오지 않았다. 서연은 그런 민지를 향해 한 걸음 더 가까이 다가섰다.

"저는 고양이 털 알레르기가 없어요. 로라 여사님의 초대로 이 집에 몇 번 들어가 보기도 했고요. 마릴린이 집 안에 숨어 있을까 봐 걱정이 되어서 그러는데, 아직 집 청소를 안 했으면 제가 대신 해도 될까요? 언니가 김민지 맞죠?"

안 된다고 말을 해야 할 것 같았지만 딱히 거절할 말이 떠오르지 않았다. 어찌되었든 유일하게 연락을 주었던 청소업체는 잠수를 탔고, 민지는 고양이 털이 가득한 아파트 내부를 스스로 청소할 능력이 없었다.

서걱거리는 입술 사이에서 바람 소리가 새어 나왔다.

"그럼 고양이 털만 대충 제거해 줄 수 있어?"

"고양이 안 키워 본 티 너무 내네. 대충 청소해서 고양이 털이 어떻게 없어져요. 벽지 구석구석 다 박혀 있을 텐데."

"아니다. 그냥 내가……."

"맡겨 주세요. 돈은 안 받을게요."

서연은 어느덧 민지의 코앞까지 다가와 있었다. 불편하다 싶은 거리였지만 좀처럼 발이 움직여지지 않았다. 몸을 움직일 수 있게 되기까지는 그로부터도 한참의 시간이 필요했다. 미간에 힘을 준 채 서연을 말없이 바라보던 민지는 결국 주머니에 손을 넣고 고개를 끄덕였다.

가을 냄새가 났다. 서연은 건조해 보이는 손바닥을 앞으로 내밀었다.

"열쇠 주세요. 내일 저녁까지는 끝내 놓을게요."

설백의 도로는 매끈했다. 아스팔트의 표면이 너무 정묘해 속이 울렁거릴 정도였다. 능선을 따라 구불거리는 도로를 달리다 보면 땅이 푹 꺼지는 듯한 느낌이 드는 구간이 자주 등장했는데, 브레이크를 밟는 시점이 조금만 늦어져도 놀이기구를 탄 것처럼 아랫배가 간질거렸다. 민지는 교통량이 극도로 적은 설백의 도로들과 도로의 건설비, 유지비를 생각했다. 선인면 근처에는 민간 시설로 위장한 군부대가 몇 있다더니 아마도 그들 때문에 도로가 이렇게까지 관리되지 싶었다. 아니면 이렇게까지 할 이유가 없었다. 수십 년 후면 사라질 시골 마을에 매년 평생 만져 보지도 못할 거액을 지출하는 건 아무리 좋게 포장해 보려 해도 낭비가 분명했다.

서울로 빠져나가는 표지판이 보였다. 교차로에 들어서며 속도를 늦추던 민지가 용광읍 방향으로 급작스레 핸들을 꺾었다. 서울에 갔다 내일 다시 돌아오는 방법도 있겠지만 읍내에서 하룻밤을 묵는 편이 더 합리적 선택인 것처럼 느껴졌다. 용광읍에서 방을 구하는 건 그다지 어려운 일이 아니었다. 휴가철 극성수기에도 당일에 빈방을 구할 수 있는 동네, 외지인들이 철저하게 발길을 끊은 곳, 모두로부터 외면받은 지역이 바로 설백이었다.

그럼에도 물론 언제나처럼 대세를 거스르고 설백을 방문하는 사람들이 있었다. 특급 호텔은커녕 그럴듯한 관광 호텔 하나 남아 있지 않은 설백을 휴가지로 선택한 그들은 이삼일 숙박을 해결하기 위해 강가의 펜션들을 이용했다. 혼자 설백을 찾은 이들은 터미널 근처의 모텔에서 잠을 청했다. 모텔촌은 진홍색 시트지로 유리벽을 가린 성인 찻집들과 하얀색 시트지로 입구를 막아 놓은 사설 오락실들이 있는 거리에 위치했는데, 그곳에 하루쯤 묵어 가는 건 나쁘지 않은 일이었다. 불편할 수는 있어도 사람 사는 곳이었다. 굴뚝에 새겨진 '여관'이라는 단어가 눈에 들어온 건 그즈음이었다.

♨

목

욕

탕

여

관

이라고 적힌 하얀색 글씨가 붉은 벽돌 굴뚝 위에서 북극성처럼 반짝거렸다.

민지는 무언가에 홀린 듯 주차장으로 들어갔다. '탄광마을 사우나'는 아직도, 여전히, 개업을 준비 중인 것처럼 보였다.

“오늘도 제가 방해하는 걸까요?”

딸-랑 소리와 함께 문이 열렸다. 몇 주 사이 차가워진 밤바람이 고요한 카페 안을 기어코 비집고 함께 들어갔다. 따뜻한 조명과 잔잔한 음악, 시큼한 커피 향, 그리고 그 사이에 그가 서 있었다. 등을 보이고 서 있던 남자는 앞치마에 손을 닦으며 고개를 돌렸다.

“또 오셨네요?”

“오늘은 사우나 찾아온 건 아니고요. 혹시 저 기억하세요?”

“장난하세요? 농담이고요. 저희 카페 첫 손님을 어떻게 까먹어요.”

대답을 마친 남자가 경쾌하게 카운터 밖으로 걸어 나왔다. 민지는 비어 있는 테이블에 자리를 잡고 앉아 메뉴판을 훑어보았다.

“오늘도 하라르, 괜찮을까요?”

“하라르도 좋지만 예가체프는 어떠세요? 지금 막 내려서요. 예가체프 역시 에티오피아 원두인데, 아마 바디감이 만족스러우실 거예요.”

“에티오피아 커피를 좋아하시나 봐요.”

“에티오피아를 좋아해요. 가 본 적은 한 번도 없지만.

여행이라도 한 번 가 보는 게 꿈이에요. 커피는 뭐, 말할 것도 없이 원두 자체가 워낙 훌륭하고요."

남자의 대답을 들으며 민지는 카페 내부를 찬찬히 둘러보았다. 페인트 향이 조금 옅어졌다는 것을 제외하면 카페는 몇 주 전과 다를 바가 없어 보였다.

"아직도 개업 안 하신 거죠?"

"상황이 여의치가 않네요."

"지금 오픈해도 충분할 것 같은데요?"

"카페는 그런데 여탕이랑 2층이 아직 공사 중이어서요. 여기, 이래 봬도 1인 숍이거든요."

민지의 손가락이 위층을 가리켰다. 기대감을 담은 표정이 다소 우스꽝스럽게 보였다.

"뭐 준비하시는데요? 2층은 원래 여관 아니었어요?"

"역시 단골은 다르네요. 그런데 여관은 이용 안 해 보셨을 거 같은데."

여관은커녕 목욕탕도 이용해 본 적이 없다는 고백을 솔직하게 털어놓고 싶었지만 별것 아닌 고해성사는 끝내 입 밖으로 튀어나오지 않았다. 뜨거운 커피를 머그잔에 담아 낸 남자는 어느새 갈색 쟁반을 손에 들고 코앞에 서 있었다. 두 눈을 똑바로 마주 보기 부담스러워 시선을 내리자 구불거리는 하얀 김 뒤로 금속 명찰이 반짝거렸다. manager Junghoon. H. 매니저 정훈 에이치. 민지는 립밤을 바른 지 오래지 않아 살굿빛을 띤 입술을 고장 난 장난감처럼 반복해서 뻐끔거렸다. 혀끝에서 맴돌던 낯선 이름은 결국 소리를 갖지 못하고 목구멍 깊은 곳으로 허무하게 사라졌다.

정훈은 민지 앞에 편한 자세로 자리를 잡고 앉았다.

"요 몇 주는 2층 공사를 했어요. 이제 방 두 개 마무리만 남았는데, 솔직히 힘에 부치는 거 있죠. 그냥 여기까지만 하고 확 오픈해 버릴까 싶을 정도로. 뭐, 어차피 만실이 될 일은 없을 테니까요."

"2층에 방이 몇 개 있는데요?"

"맞혔다. 역시, 여관엔 올라가 본 적 없죠?"

민지는 입을 꾹 다문 채 고개를 끄덕였다. 어딘지 신이 난 듯 보이는 남자는 상체를 앞으로 숙이고 설명을 이어 나갔다.

"2층엔 방이 총 여덟 개가 있어요. 관리인실 겸 비품 창고까지 하면 아홉 개. 처음엔 어땠는지 몰라도 삼촌 돌아가시기 전까진 달방으로 사용되던 공간이에요. 그런데 달방이 뭐 하는 곳인지는 알아요?"

"음, 달방이라. 달이 보이는 방이란 의미는 아닐 거고. 다

달이 사는 방? 단기 임대? 에어비앤비 같은 거 아니에요?”

“땡. 진짜 날이 잘 보여서 달방이에요.”

“정말요?”

“아니요.”

얼굴을 일그러뜨리며 웃음을 참던 정훈이 민지를 마주 보며 자세를 고쳐 앉았다. 자세히 보니 그의 검은 눈동자는 꽤 호의적이고 장난스러워 보였다.

“보증금 안 받고, 공과금도 안 받고. 대신 월세만 한 달 치 선불로 받아 방 채우고 매출 올리는 임대 방법이에요. 물이랑 수건은 일반 단기 숙박 손님들처럼 매일 새로 제공하고, 침구류는 일주일에 한 번 정도 세탁해 주고. 아무래도 짐을 쌓아 놓고 생활하는 사람들이 대부분이다 보니 청소는 손님들이 직접 했던 것 같아요. 숙박비 비싸게 받는 다른 곳들은 어떨지 모르겠지만.”

흥미롭다는 표정의 민지를 향해 정훈이 미소를 지어 보였다. 그는 한쪽 팔에 턱을 괸 자세로 다시 상체를 기울였다.

“제대한 이후부터 쭉 삼촌 일을 도와 왔거든요. 근처 동네에 살아서. 달방을 운영하는 여관을 관리하다 보면 신기한 사람들을 많이 보게 돼요. 서울이 아닌 강원도를 택한, 그것도 폐광을 눈앞에 둔 탄광촌에서 장기 숙박을 하는.”

민지 역시 그들의 존재를 모르지 않았다. 그녀가 어렸을 적에도 설백에 살았던 가난한 이들은 산 중턱 하꼬방에 둥지를 틀고 지난한 오늘을 버텨 냈었다.

가난했던 시절이었고, 그보다 더 가난했던 사람들이었다. 남들은 그런 가난이 6, 70년대에 끝났다 하지만 탄광촌의 가난은 80년대를 넘어 90년대까지 이어졌다. 삽 대신 펜을 들었던 관리직이나 석탄공사 정규직 노동자, 고깃집 등 자영업을 했던 사람들은 선인아파트같이 멀끔한 곳에서 살 수 있었지만, 배움과 능력이 부족했던 누군가들은 열 집이 화장실 하나를 나눠 쓰던 탄광 사택에서도 밀려나 산 중턱 하꼬방에 살림을 차려야 했다. 아파트에 사는 아이들과 하꼬방에 사는 아이들이 구분되었다. 하꼬방에 사는 아이들은 그네가 있는 아파트 놀이터에 잘 내려오지 않았다.

민지의 엄마 미숙은 탄광 녹을 먹으면서도 선인면을 좋아하지 않았다. 민지가 선인면에 있는 친구 집에서 놀고 오겠다는 말이라도 꺼내면 입가에 거품을 물고 동네가 떠나가라 소리를 질렀다. 세상에 자신이 다니는 직장을 좋아하는 사람이 몇이나 되겠냐마는 매일 출퇴근하는 동네를 그토록이나 혐오하는 건 평범하지 않은 반응이 분명했다.

물론 민지가 엄마를 전혀 이해하지 못하는 건 아니었다. 탄광촌은 산중에 숨겨진 원양어선이었다. 변화하는 시대상 같은 건 중요하지 않았다. 오늘 하루 사고 없이 석탄을 캐는 것, 그것만이 탄광촌 사람들의 유일한 바람이었다.

출산한 여성들의 사회 활동이 드물었던 시절, 탄광마을은 여성의 사회 활동 자체가 가로막혀 있던 폐쇄적인 사회였다. 90년대, 택시를 타는 첫 손님이 여자면 그날 하루가 재수 없다는 말을 공공연하게 하곤 했던 그 시절, 탄광마을에서는 광부들이 출근할 때 여자가 앞을 지나가면 안 된다는 신박한 금기가 있었다. 광부의 소득에 가족의 생존이 달려 있는 가부장적 사회의 적나라한 단면이었다. 그런 분위기 속에서 석탄공사는 남편 없이 사는 과부들에게 먹고 살 수 있는 기회를 주었다. 미숙의 절친한 직장 동료들이 매일 아침 출근하며 석탄공사의 번영과 동료들의 안녕을 죽은 남편 찾아가듯 기도한 이유였다.

성당에 갈 때와는 사뭇 다르게 화장기 없는 얼굴로 출퇴근을 했던 미숙은 5초 남짓할까 했던 동료의 기도 시간을 결코 기다려 주지 않았다.

"민지 엄마, 조금만 지달리라. 석공님께 기도 좀 올리고 가자."

"기도는 교회에나 가서 올려. 싫으면 성당, 아니면 절에 가든가."

"기도 거 잠깐 하는 데 몇 초나 걸린다고. 언니 잠깐 기다려 주는 게 그렇게 힘드나?"

"언니를 기다리는 일은 할 수 있는데 석공님, 석공님, 하면서 곧 망할 석탄공사를 위해 하는 기도는 듣고 싶지 않은 거야."

"쎅을 놈의 지즙아, 망하긴 어디가 망한다고 그러니? 석공님, 이러 못난 우리 식구도 감싸 주시고, 무사히 일 마치고 안전하게 집에 갈 수 있도록 해 주시고, 백 년 천 년 수만 명이 일할 수 있도록 번영하소서."

미숙의 출근은 삼교대로 진행되었다. 그 때문에 민지는 혼자 눈을 뜨거나 잠에 들어야 하는 날을 하루걸러 하루 꼴로 맞닥뜨려야 했다. 돌덩어리에서 석탄을 손으로 골라내는 선탄부 업무는 오전 8시부터 오후 4시까지 작업하는 갑방, 오후 4시부터 자정까지 근무하는 을방, 자정부터 오전 8시까지 작업하는 병방으로 구분되었는데, 을방 작업을 마치고 귀가한 미숙이 집 앞 현관문에 기대어 노숙하는 일은 유난할 것도 없이 매달 발생했다. 엄마를 기다리던 민지가 졸음을 이기지 못하고 현관문에 기대어 잠들어 버리는 일이 잦았기 때문이었다. 어렸던 민지는 탄광 사택을 거부하고 매일같이 용광읍에서 선인면으로 출퇴근했던 엄마를 이해하지 못했다. 이해가 가지 않기는 지금도 마찬가지였다.

테이블 위에 두 팔꿈치를 올려놓고 체중을 실었다.

"그러면 2층에 있는 방 여덟 개 중 여섯 개는 영업 준비가 끝났다는 말이네요?"

"끝난 정도까지는 아니고요. 아직 가전이나 가구들을 안 채워 놔서."

"저, 지금 차에 이불하고 베개 갖고 있는데. 실례가 안 된다면, 아니, 당연히 실례겠지만, 오늘 밤만 2층에서 자고 가도 괜찮을까요? 당연히 숙박비는 지불할게요."

민지의 말이 다 끝나기도 전이었다. 정훈의 얼굴에 묘한 미소가 떠올랐다. 침낭도 아니고 이불과 베개를 차에 갖고 다니는 사람이었다. 정훈의 언어가 보다 신중해졌다.

"이불하고 베개를 갖고 다니신다고요?"

"오늘부터 한 달 살기 느낌으로 설백에 있으려고 했거든요. 그런데 묵으려던 방 청소가 아직 안 끝났다고 해서. 다른 숙소에 가도 되지만 읍내 모텔들 상황 아시잖아요. 강가 펜션은 최소 20만 원부터 시작하고."

“그렇다고 해도 아직 오픈도 안 한 게스트 하우스에 묵겠다는 발상은 더 이상하지 않아요?”

“그것 봐요. 어차피 게스트 하우스 할 거였잖아요. 어차피 베타버전 테스트도 한 번은 필요할 텐데. 무리일까요?”

얼굴에서 미소를 덜어 낸 정훈이 민지의 눈을 가만히 바라보았다. 당혹스럽게도 상대는 진심인 듯 보였다.

휴대폰 플래시의 성능은 생각보다 뛰어나지 않았다. 하지만 형광등을 켤 수는 없는 노릇이었다. 201호엔 아직 커튼이 달려 있지 않았다. 함부로 불을 켰다가는 창밖의 사람들에게 강제 관음증을 선사할지도 몰랐다.

1층 카페의 불이 꺼지고 정훈의 차가 출발하기까지는 방에 이불을 펴고도 네 시간이 더 필요했다. 20세기 홍콩이 콘셉트인 건지 깡촌 게스트 하우스의 벽지는 보급형 레스케이프 호텔에 들어온 것처럼 지나치게 화려했다. 짙은 초록색 벽지에 프린트된 화려한 문양을 가만히 바라보던 민지가 정훈과 나누었던 대화를 떠올렸다.

그는 아직 여탕의 리모델링을 진행하지 않았다.

정훈과 함께 201호를 청소하던 중이었다. 화장실에 들어간 민지는 뜨거운 물을 틀고 수전 아래 손을 넣어 엄지와 검지, 중지를 비비적거렸다.

"물이 막 미끈거리고 그런 건 아니네요?"

"여긴 온천이 아니라 목욕탕이었으니까요."

"그래도요. 목욕탕 하려면 물이 좋아야 하는 거 아니에요?"

"우리나라 수돗물 좋아요. 마실 수도 있고."

습식 부직포가 붙은 밀대로 방바닥을 청소하던 정훈이 욕실 안쪽에 쭈그리고 앉아 있던 민지를 불러 일으켰다. 그렇게까지 열심히 청소를 할 필요는 없다는 설명이었다.

"욕실 리모델링은 제가 아니라 업자가 한 거예요. 도배, 장판이면 몰라도 타일을 어떻게 직접 건드려요. 공사하고 이틀 뒤에 대청소 한 번 한 거라서 그렇게까지 박박 안 문질러도 돼요."

"2층은 게스트 하우스로, 1층 남탕은 카페로, 거기에 여탕까지. 거긴 아직 리모델링 중이지만, 아무튼."

"전체 철거부터 확실하게 하고 리모델링에 들어가고 싶었지만요."

그 말에 타일 솔질을 하던 민지의 손이 슬그머니 자리에 멈추어 섰다. 수압을 약하게 조절해 놓은 샤워기 헤드에선 여전히 뜨거운 물줄기가 쪼르륵쪼르륵 흘러나오고 있었다.

"철거를…… 안 했어요?"

"카페는 기존에 있던 남탕에 나무로 덧방만 한 거예요. 여탕도 당연히 덧방으로 갔지만, 거긴 아직 갈 길이 구만 리라서."

그는, 분명, 여탕을, 철거하지, 않았다고, 말하고, 있었다. 본능적으로 3천만 원을 떠올린 민지가 두 눈을 끔뻑거렸다. 양쪽 귀가 뜨거워졌다. 온수가 흘러나오며 차오른 수증기에 욕실이 온통 희뿌옇다. 민지는 정훈이 이곳에서 떠난 이후 여탕에서의 시간을 상상했다. 손전등을 갖고 있지 않다는 사실을 자각한 건 그 즈음이었다.

201호는 1층에서 2층으로 올라가는 계단 바로 오른쪽에 위치했다. 산이 아닌 주차장을 마주 보고 있는 객실로, 날이 좋으면 큰 창을 통해 길 건너편 탄광으로 들어가는 철길을 구경할 수 있었다. 또 201호는 여덟 개의 방 중 유일하게 다락이 없는 호실이기도 했다.

백미러를 통해 건물의 불이 모두 꺼진 걸 확인한 정훈은 조용히 차에 시동을 걸었다. 마무리 공사를 서둘러야 할 것 같았다. 그건 로라 여사의 유지이기도 했다.

아무도 없는 건물에서 하룻밤을 홀로 지새우는 행위는 생각했던 것보다 더 큰 용기를 필요로 하는 일이었다. 들리는 소리라고는 나뭇잎에 부딪히는 바람 소리가 전부였다. 도로 바로 앞에 위치한 건물인데도 단창 밖을 지나가는 자동차 소리 한번이 들리지가 않았다.

탄광마을 사우나와 접해 있는 왕복 사차선 도로는 중앙분리대에 가로등까지 있는 번듯한 지방도였다. 하지만 해가 지자 들어가는 차도, 나오는 차도 모두 자취를 감추었다. 사람 사는 동네인데도 그랬다. 석탄공사가 떠난 탄광도시는 주인이 사거한 시골집처럼 피할 도리 없이 낡아 갔다. 돈도 사람도 모두 떠나보내고, 그저 국세에 운명을 의탁한 채 머지않아 다가올 샛노란 소멸을 준비했다.

201호의 문이 열렸다. 민지는 발소리를 죽이고 사뿐사뿐 복도로 걸어 나가 손으로 벽을 짚고 엉거주춤하게 계단을 내려갔다. 1층 복도와 계단이 만나는 지점은 양 갈래 길이었다. 길이가 짧은 오른쪽 복도엔 건물 밖으로 나갈 수 있는 쪽문 하나가 나 있었는데, 두툼한 쇠 손잡이에는 무거워 보이는 은색 사슬이 둘둘 감겨 있었다. 굳게 잠겨 있는 철문을 향해 휴대폰 플래시를 비춘 민지가 정훈과 함께 걸어 들어왔던 복도 왼쪽을 향해 천천히 몸을 틀었다. 형광등이 켜져 있을 때는 그래도 제법 아늑하다고 느꼈었던 것 같은데, 어두운 복도에 막상 발을 내딛으려니 깊은 밤 텅 빈 초등학교에 홀로 남겨진 것처럼 스산한 느낌을 피할 도리가 없었다.

복도가 끝나는 지점에 다시 오른쪽으로 꺾어지는 좁은 모퉁이가 보였다. 빛이 새어 들어오는 그곳은 건물 입구였다. 휴대폰의 플래시를 끈 민지가 CCTV를 찾아 고개를 두리번거렸다. 다행인 건지, CCTV처럼 생긴 물건은 어디에도 보이지가 않았다.

여탕 입구를 가리고 있는 천막은 전반적으로 색이 누리끼리했다. 천막에 닿은 민지의 손끝이 차가웠다. 이렇게 막무가내로 들어가도 괜찮을지 확신이 서지 않았다.

"뭐야."

민지의 입에서 외마디 탄식이 터져 나왔다. 조명 아래 드러난 공간은 믿을 수 없을 정도로 깔끔했다. 정훈은 여탕의 리모델링을 두고 '갈 길이 구만리'라 표현했지만 그건 순전히 거짓말이었다. '여탕'의 내부는 리모델링에 더해 청소까지 마무리되어 있었다.

마치 고급 호텔의 스파 같았다. 수없이 많았을 거울과 샤워기들이 대부분 철거되어 사라졌다. 작고 귀여운 목욕탕 의자들도, 세숫대야와 물바가지들도 보이지 않았다. 살아남은 것들이라고는 목욕탕의 골격뿐이었는데, 커다란 탕 두 개와 낮은 수조, 편백나무 향을 진하게 풍기는 사우나는 이전의 자리를 지켜 낸 듯 보였다. 베이지색 폴리싱 타일이 입이 벌어질 정도로 고급스러웠다. 가벽 너머로 보이는 해바라기 샤워기 여섯 대는 이번에 새로 설치한 것들이 분명했다.

단차를 내어 만든 오픈형 샤워부스의 한쪽 구석에는 샴푸와 비누들이 놓여 있었다. 사용감이 느껴지는 목욕용품들을 훑어보던 민지가 제자리에 우뚝 멈추어 섰다. 갑자기 낯선 목소리가 들려왔다. 남자 목소리였다.

- 에이 씨, 날도 더운데 에어컨도 없고. 그래도 목욕탕이라 씻고는 갈 수 있어 그거 하나 다행이네.

도망가거나 소리를 질러야 할 것 같은데 몸이 말을 듣지 않았다. 성대를 잃어버린 것처럼 목소리도 나오지 않았다. 사시나무처럼 떨리는 손을 가슴께로 올려 드는데, 방금 전

들었던 목소리와 또 다른 목소리가 등 뒤에서 들려왔다. 이번엔 조금 더 얇고 톤이 높은 목소리였다.

　- 그러니까 말이야. 타일 공사를 이 돈 받고 해서 남는 게 있겠어? 아무리 정훈이 부탁이어도 그렇지.

　- 그게 바로 의리라는 거다. 그래도 반년 넘게 매일 얼굴 본 사이인데 이 정도는 해 줘야지.

　- 그래도 너무 염가에 했어.

　- 어이, 오늘 퇴근하고 삼겹살에 쐬주?

　- 아잇, 더워 죽겠는데 삼겹살은 무슨 삼겹살이야.

　- 에어컨 틀어 놓고 먹으면 되지. 반장님, 어때요. 오늘 한잔, 같이 가십니까?

　- 안 그래도 정훈이가 대접하겠다고 그랬어. 그것도 돼지 아니고 소로.

　- 음머어 하는 소라고요? 걔 로또라도 됐대요?

　한 사람이 아니었다. 최소 네댓 명의 목소리였다. 걸쭉하고 지쳐 보이는 목소리, 놀란 듯한 목소리, 이따금씩 짙은 강원도 사투리를 섞어 쓰는 목소리들은 서로 격의가 없는 사이처럼 보였다.

민지는 숨을 쉬기 위해 작게 입을 벌렸다. 온몸이 딱딱하게 굳어 숨이 쉬어지지 않았다. 코끝은 점점 붉어졌다. 두피부터 솟아난 식은땀에 축축해진 눈꺼풀은 돌풍을 만난 낚시꾼처럼 갈 곳을 찾지 못했다. 놀란 기색을 숨기지 못한 민지가 왼쪽 가슴에 손을 올리며 천천히 뒤를 돌아보았다.

텅 빈 목욕탕 허공을 반짝거리는 무언가가 날아다니고 있었다. 비누 거품이었다.

탄광마을
사우나

탄광마을
사우나

4

송 씨 아저씨

"미스 김, 여기 달달구리한 커피 한 잔!"

손톱 끝이 검은 손이 다방 레지의 엉덩이를 찰싹 소리나게 때렸다. 둥근 쟁반 위에 놓여 있던 빈 찻잔들이 소란스럽게 달그락거렸다. 레지는 짜증을 숨기지 않았다.

"뭐야. 커피잔 다 깨질 뻔했잖아요."

"아유, 아유. 미스 김은 이렇게 앙칼진 게 매력이지. 그거 깨지면 내가 다 변상해 줄게."

"지난번에도 그렇게 말하고 그냥 뭉갰던 거 다 기억하고 있거든요?"

"으이그, 어쩜 화내는 것도 예쁘냐. 심지어는 똑똑하기까지."

"커피 하나에 설탕 둘, 프림 셋 맞죠?"

"계란 노른자는 안 띄워 주나?"

"쌍화탕도 아니고 커피에 무슨 계란 노른자, 촌스럽게."

"미숙아, 그만 노닥거리고 여기 와서 이거나 뜯어 봐. 너한테 또 선물 왔다."

카운터에 앉아 있던 마담이 미숙의 이름을 불렀다. 이번 주만 벌써 세 번째 선물이었다. 반짝거리는 포장지로 곱게 포장된 선물 상자를 본 미숙의 표정이 떨떠름하게 바뀌었다.

"해 봤자 또 어항에 있는 청거북이 밥이잖아요. 귀뚜라미나 지렁이, 뭐 그런 거. 아우 징그러. 김 사장님은 왜 이런 걸 매번 내 앞으로 보내는지 몰라. 진짜 알다가도 모를 양반이라니까."

"썩을 년, 그냥 고맙습니다, 하고 받아. 영양원 하는 분이라 그냥 챙겨 주고 싶으신 거야."

"영양원이랑 지렁이랑 도대체 무슨 상관인데요? 낚시꾼이라면 또 몰라."

"에미나, 그래도 네 티켓 매번 사 주시는 분이시다. 돈 벌러 나왔으면 돈이나 받고 커피나 날라."

잠시 뒤, 쾅 하는 굉음과 함께 쨍그랑 소리가 주방에 울려 퍼졌다. 접시 위에 놓여 있던 찻잔들은 중심을 잡지 못하고 자리에서 뱅뱅 돌았다. 던지듯 쟁반을 내려놓은 미숙이 샐쭉한 표정으로 눈을 흘겼다. 그를 본 마담이 자리에서 벌떡 일어나 미숙의 어깻죽지를 힘주어 꼬집었다.

"아, 아파요!"

"이 컵값이 네 티켓값보다 비싸, 이년아. 정신 똑바로 안 차릴래?"

"정 씨한테 남의 엉덩이 만지지 말라고 경고나 해 줘요. 내가 무슨 갈보야?"

"석탄재 날리는 동네에서 다방 레지 하는 년이 어디서 사람 급을 나눠? 죄 지은 사람 아니면 다리 밑에 사는 걸배이라도 함부로 대하는 거 아이다. 누군 태어날 때부터 그렇게 살고 싶어 사는 줄 아니?"

"언니, 설마 영미 언니랑 정희 언니 2차 뛰는 것도 수수료 떼요?"

날을 세운 말이 채 끝나기도 전이었다. 마담의 손바닥이 미숙의 뺨을 내리쳤다. 다이아몬드 문양이 양각된 유리잔에 칼피스를 따르던 주방장의 손이 정지버튼을 누른 듯 그대로 얼어붙었다.

"어리다고 천둥벌거숭이처럼 구는 것까지 용서가 되는 건 아니야. 정 씨한테는 따로 경고 넣을 테니까 그렇게 알고."

마담이 떠난 주방에 남은 건 싸늘한 공기와 경쾌한 시티팝, 시큼한 요구르트 향뿐이었다. 주방장이 낡은 서랍장에서 작은 잔을 꺼내어 미숙을 향해 내밀었다. 입을 삐죽 내민 미숙은 어리광을 부리며 좁고 낮은 잔을 건네받았다.

"조니워커야?"

"꿈도 크다. 캡틴큐."

탁한 듯 투명한 황금빛 액체에서는 공업용 알코올 향이 진하게 풍겼다. 한 잔 가득 채워진 술을 원샷으로 비워 낸 미숙이 미간을 찌푸리며 동치미 국물에 손가락을 담갔다. 새하얀 무를 아작아작 씹어 먹는 모습이 어린아이처럼 복스러웠다. 잔을 돌려받은 주방장은 바지 주머니에서 담배를 꺼내 불을 붙였다. 그는 붉게 부어오른 뺨을 양은 냄비에 비추어 보는 미숙을 한심하다는 표정으로 흘겨보았다.

"그렇게 해서 퍽이나 보이겠다."

"내가 뭐 맞을 짓 해서 맞았나?"

"시집 잘 가서 남편이 벌어다 주는 돈으로 살림하기 전까지는 너도 이 생활에서 벗어날 수 없어. 그건 너나 영미,

정희도 마찬가지야. 물론 마담조차도.”

“마담은 그래도 한 번 다녀왔잖아.”

“누가 그래, 마담이 다녀왔다고?”

주방장의 말이 끝나기가 무섭게 카운터 방향으로 난 입구 쪽에서 인기척이 느껴졌다. 하지만 눈에 보이는 이는 아무도 없었다. 긴장을 푼 미숙이 녹이 슨 스테인리스 싱크 선반에 체중을 실었다. 풍성한 머리카락을 질끈 묶은 물방울무늬 머리끈이 오늘따라 유독 촌스러워 보였다.

“김완선은 이런 인생을 모르겠지. 나도 가수가 하고 싶었는데. 예쁜 옷 입고 무대에서 춤도 추고.”

철부지의 하소연까지 들어 줄 정도로 마음이 여유롭지 못했던 주방장은 뒷문을 열고 밖으로 자리를 옮겼다. 다방 건물은 하천 쪽으로 공간을 불법 확장한 까치발 건물이었다. 발아래로 흐르는 검은 천을 바라보며 그는 다 태운 담배꽁초를 물 위로 던졌다. 탄광마을에서는 개천마저도 검은색으로 흘렀다. 돌멩이 하나, 수초 하나에도 시꺼먼 재가 묻어 살아 숨 쉬는 모든 것들을 질식하게 만들었다.

홀로 주방에 남겨진 미숙은 작은 선물 상자를 만지작거렸다. 형광등에 반사된 은색 종이에 눈이 부셨다. 한숨을 내쉬며 엉성한 포장지를 뜯어내려는데 손끝에 전해지는 느낌이 오늘따라 이상했다. 그건 직감이었다. 서둘러 포장지를 완전히 제거하자 단단한 상자 뚜껑 안쪽으로 정성스레 구겨 넣은 새하얀 구김 종이가 드러났다. 그리고 그 안에는 가네보 립스틱이 들어 있었다. 귀뚜라미나 지렁이가 아니었다.

아직 젖살이 빠지지 않은 미숙의 뽀얀 얼굴이 무대 위의 김완선처럼 환해졌다.

Try to remember the kind of September······.

스피커에서 흘러나오는 나나 무스쿠리의 목소리를 뒤로하고 미숙은 가벽 뒤 계단 아래를 향해 다급하게 뛰어내려갔다. 까치발 건물 아래엔 건축물대장엔 존재하지 않는 살림집들이 있었다. 계단 바로 앞, 돌 벽이 그대로 노출된 창문 없는 방이 미숙의 방이었다. 상자 아래 놓여 있던 편지를 손에 든 미숙의 눈가에 눈물이 맺혔다. 손때가 잔뜩 묻은 하늘색 편지지는 얼마나 많이 고쳐 쓴 건지 조금 더 만지면 바스러져 버릴 것처럼 네 귀퉁이가 나달나달했다.

소파에 누워 있는 민지의 얼굴 위로 휴대폰이 떨어졌다. 오늘만 벌써 네 번째였다. 엄마의 소파는 눕기만 하면 졸음을 몰고 오는 신비한 능력을 갖고 있었다. 졸릴 때마다 잘 수만 있다면 아무래도 상관이 없었다. 문제는 손가락조차 움직일 수 없을 정도로 정신을 차리지 못하면서도 잠에 들지 못한다는 데 있었다. 코끼리 마취총이라도 맞은 것처럼 온몸이 무겁고 무력해졌다. 바닥에 떨어진 휴대폰을 다시 손에 쥐어 든 민지가 억지로 떴던 눈을 힘주어 감았다. 며칠 전 봤던 비누 거품들이 머릿속에 생생하게 떠다녔다. 매끈한 비누 표면에서 분리된 거품들은 마치 살아 있는 사람들처럼 대화를 나누고 있었다.

- 기냥 덮으라 해서 덮긴 했는데 이러 덧방을 해도 괜찮은 건지 몰라.

- 그거야 다 떼어 내고 시공을 하면 돈이 너무 많이 드니까.

- 엉차 혼저 사용하는 공간이면 이 정도도 충분하지. 갠데 그 쇳덩이는 안 덮어 버려도 갠찮은 거 맞어?

- 정훈이가 그렇게 해 달라고 했으니까. 그 우엔 돌디이 올릴 거니 별 상관이 없을 거고.

- 쇳덩이 너머 달구면 안 좋은 건디.

- 꼭 금고처럼 생겼단 말이여, 다이얼만 쏙 빼 놓은.

엄마의 아파트엔 방 두 개와 화장실 하나, 거실 하나, 그리고 원룸에서나 볼 수 있을 법한 작은 부엌 하나가 있었다. 발코니는 투명한 플라스틱 패널을 덧대어 창고로 사용했다. 신기한 건 현관 바로 옆, 계단 두엇을 올라가면 나타나는 한 평 남짓한 공간이었다. 지금은 온갖 잡동사니를 쌓아 둔 창고였지만, 그곳은 과거 푸세식 화장실이 존재했던 자리였다. 믿기 힘들지만 지금도 몇몇 집들은 재래식 화장실을 사용하는 모양이었다. 관절도 시원찮은 늙은이들이 참 징글징글하다, 고 민지는 생각했다. 나이 든 이들의 고집은 죽어야만 없어지는, 자식도 화타도 모두 포기한 고질병이었다.

눈을 감고 숨을 크게 들이쉬었다. 분명 고양이 털로 가득 차 있던 집이었는데 재채기가 나오지 않았다. 서연이 청소를 하고 간 자리는 전문 업자가 다녀갔다고 해도 믿을 정도로 깨끗했다. 간혹 누렇게 변색되거나 벽지가 찢어진 부분이 있긴 했지만 그건 고작 고등학생이 어찌할 수 있는 영역이 아니었다.

민지를 놀라게 한 건 청소 상태뿐만이 아니었다. 서연은 대담하게도 옷장 위에 쪽지 한 장을 붙여 놓고 떠났다. 쪽지에는 옷에 붙어 있는 고양이 털들은 세탁이 아니면 완전

한 제거가 불가능하니 세탁 후 돌려주겠다, 가 아닌, 어차피 로라 여사의 옷들은 모두 폐기할 것 같아 보이니 본인이 폐기를 맡아 주겠다, 라는 문구가 적혀 있었다. 절도였지만, 고마웠다. 부끄러웠다. 머리에 피도 마르지 않은 십대에게 속마음을 들키고 말았다. 물론 이들 모녀 사이를 알고 있는 사람이라면 누구라도 짐작할 수 있는 일이겠지만, 그럼에도 숨고 싶었다. 갈등의 이유가 돈으로부터 비롯되었다는 사실이 억울하면서도 못내 수치스러웠다.

날이 어두워진 것을 확인한 민지가 자리에서 벌떡 일어나 현관문 바로 옆에 있는 작은방으로 걸음을 옮겼다. 문간방은 휑한 거실과는 다르게 옷장, 문갑, 장식장 따위가 가득 차 있는 맥시멀리스트의 공간이었다. 반전 아닌 반전은 놓여 있는 가구 대부분이 텅 비어 있다는 사실이었는데, 서연이 청소를 하며 내용물들을 정리한 것인지 아니면 엄마가 요양병원에 들어가기 전 처분을 한 것인지까지는 알 수 있는 도리가 없었다. 어느 쪽이든 상관없었다. 민지에게는 어차피 모두가 버릴 물건들이었다.

흥미로운 건 완전히 비어 있는 줄 알았던 문갑 가장 오른쪽 서랍에 작은 액자 하나가 들어 있었다는 사실이었다. 서랍 가장 구석진 곳에 놓여 있던 액자에는 원피스를 입은 엄마와, 또 그런 엄마를 찍어 주고 있는 낯선 남자가 함께 담겨 있었다. 남자는 전파사 유리창에 반사되어 꽤 선명하게 찍혀 있었는데, 그는 자신의 얼굴이 사진에 같이 나올 것이라고는 전혀 예상하지 못한 사람처럼 보였다.

자연스레 남자에게로 시선이 갔다. 엄마에게 남자가 있었다. 그래도 남들 하는 건 다 하고 살았나 보네, 하는 생각이 들자 불편한 안도감이 찾아왔다. 그가 송 씨일까 싶었다. 가족도 아닌 여자의 병원비 보증을 선 사람이었다. 그러면 사우나 바닥에 묻어 놓았다는 삼천만 원의 행방을 알고 있을지도 모르겠다는 생각이 들었다.

그랬는데, 그러고 보니, 그 시절 사람들 입에 오르내렸던 엄마에게는 남자 친구가 없었다. 물론 엄마는 어린 딸만 알지 못하는 연애를 하고 있었을지도 몰랐다. 요양병원 원장의 말마따나 아주 유우명했던 미숙이었으니까. 미숙과 관련된 소문들은 고등학생이었던 민지가 자기 학대에 가까운 수험 생활을 견딜 수 있게 해 준 유일한 동력이었다. 만약 그녀가 평범한 엄마를 가졌더라면 어린 민지는 서울에 있는 대학에 진학할 욕구를 애초부터 갖지 못했을지도 모를 일이었다.

탄광에서 일했던 엄마가 다방 레지였다는 사실을 처음

안 건 초등학교 고학년 무렵이었다. 악의 없는 어린이들은 너희 엄마 다방 레지라며? 진짜야? 하는 질문들을 아무렇지도 않게 코앞에서 해 댔다. 아니, 사실 악의를 가졌던 순수악들은 장난스러운 표정으로 너희 엄마 창녀라며? 커피 들고 나가서 몸 파는 일 하는 게 창녀 아니야? 라는 비아냥거림을 아무런 죄책감도 없이 지껄였다. 골목대장이었던 민지는 한순간 외톨이가 되었다. 혼자 음악을 듣고 혼자 점심을 먹는, 과묵한 아이가 되어 버리고 말았다.

친구가 많지 않다는 건 서글프지도 불편하지도 않은 일이었다. 친구가 한 명도 없다는 건 서글플 수는 있어도 불편하지는 않는 일이었다. 하지만 학창 시절, 학교에 혼자만 친구가 없다는 건 서글프기도 불편하기도 한 일이었다. 민지의 학창 시절은 두 번 생각할 필요 없이 서글펐고 불편했다. 민지에게는 친구라고 부를 수 있는 사람이 단 한 명도 없었다.

중학교 2학년 때의 일이었다. 5교시가 체육 시간이었던 목요일 점심시간, 민지는 여느 날처럼 2층 교사용 여자화장실 청소 도구함에 들어가 점심을 먹고 체육복을 갈아입었다. 그녀는 다른 친구들처럼 교실에서 체육복을 갈아입지 못했다. 1학년 때 친구, 라는 단어를 사용해도 되나 싶은 동급생들이 장난을 치는 척 브래지어를 벗겨 냈던 기억 때문이었다. 속옷이야 10초도 안 되어 돌려받았지만 그 사이 낡은 브래지어에는 다방이라는 두 글자가 낙서되어 있었다. 여자아이들은 교실에서, 남자아이들은 복도에서 체육복을 갈아입는 게 암묵적 규칙이었던 그 시절, 민지는 화장실 청소 도구함에서 교복을 갈아입어야 했다.

체육복을 갈아입은 후에는 문이 아닌 창문을 통해 1층으로 내려갔다. 뒷동산 벤치는 흡연을 하는 선배들의 자리였기에 사람들이 다니지 않는 우유보관실 안에서 예비 종소리가 울리기를 기다렸다. 유독 해가 반짝였던 날, 구름도 한 점 없어 눈이 부셨던 여름이었다.

그런데 운동장이 고요했다. 보통 때라면 왁자지껄 공을 차고 있어야 할 친구들이 아무도 보이지 않았다. 한 손에 신발주머니를 들고 주위를 두리번거리는데 한순간 창문들이 일제히 열리며 왁자지껄한 웃음소리가 들려왔다. 다른 반, 다른 층의 창문들까지 모두 열리는 데는 오랜 시간이 필요하지 않았다. 체육 시간은 성교육 시간으로 바뀌어 있었다. 그 사실을 알지 못하는 사람은 학교에 민지뿐이었다.

공지가 점심시간에 이루어진 게 사건의 발단이었다. 체

육 선생님은 운동장에 있는 민지를 향해 소리를 질렀고, 보건 선생님은 고개를 저으며 창문을 닫아 버렸다. 학교에 친구가 한 명이라도 있었으면 좋았을 텐데, 라는 생각을 오랜만에 한 날이었다. 혼자 운동장에 나갔던 것도 억울한데 교무실에 불려 가 욕까지 먹었다. 어른들의 윽박에 대거리할 용기가 없던 중학생 시절이었다.

화가 나는 건 설백이라는 지역이 그런 민지의 상처를 보듬어 주는 데 아무런 도움도 주지 않았다는 사실이었다. 용광읍이라는 폐쇄적 지맥은 진실에 기반한 소문들과 아무 근거도 없는 소설들을 교묘하게 짜깁기하는 데 최적화된 공간이었다. 온라인이라는 시대적 조류는 민지를 더 깊은 절망 속으로 밀어 넣었다. 오프라인의 조롱이 한지 위에 떨어진 먹처럼 온라인 속 익명의 사람들에게 번져 나갔다. 얼굴조차 모르는 사람들에게 조리돌림을 당하는 데까지는 긴 시간이 필요하지 않았다.

친구들 몰래 만들었던 싸이월드에 알거나 모르는 이 수백 명이 찾아왔다. 그들은 민지의 방명록을 점령하고 '오늘 다방 고?'와 같은 멘트를 남기며 낄낄거렸다. 아무도 모를 거라 생각하고 속마음을 털어놓은 다이어리와 청승맞은 노래들로 점철된 BGM 리스트 역시 침범당했다. 무서울 것 없는 어린 침략자들은 민지의 내밀한 속마음을 당사자가 있는 교실에서 키득거리며 돌려보았다. 잔인했던 시절을 버텨 낼 수 있었던 건 서울에 있는 대학에 진학하고야 말겠다는 독한 열망 때문이었다. 설백만 벗어나면 처음부터 다시 시작할 수 있을지도 모른다는 희망을 품었다. 다방 레지의 딸 같은 인생이 아닌, 서울에 있는 대학을 졸업한 멀끔한 커리어 우먼으로 다시 태어나고 싶었다.

하지만 대입이라는 성취 후 맞닥뜨린 건 오늘도 돈, 그래서 돈, 어쨌든 돈을 외쳐야 하는 현실이었다. 등록금부터 생활비까지, 돈이 들어가지 않는 데가 없었다. 상경하며 엄마가 손에 쥐여 준 5백만 원은 대학 등록금과 입학금, 월세 보증금을 내기에도 턱없이 부족한 금액이었다. 서울에서 태어난 친구들이 부러웠다. 비싼 동네, 고급 아파트가 부러운 게 아니라 주거비 포함 각종 공과금들을 부모에게 의지할 수 있는 환경이 부러웠다. 엄마가 해 주는 밥을 먹으며 학교에 다니는 친구들과 헤어진 후 한 평 남짓한 고시원에 들어설 때면 아무도 떠민 적 없는 고산지대에 오른 것처럼 숨이 가빠졌다. 답답했다. 한낮의 활달한 나와 한밤의 우울한 나는 완전히 다른 사람이었다. 이런 삶을 살아서 무엇 하나, 하는 생각이 들었다. 시간이 흐를수록 자꾸만 숨이 막혔다.

그렇게 살았는데, 그렇게 살아왔는데, 엄마는 연애도 하며 즐거운 시간을 보내 왔다니. 차라리 다행이다 싶다가도 울컥 화가 치밀어 올랐다. 유리창에 반사된 남자의 얼굴이 눈앞에 아른거렸다. 이름도 모르는 그에게 찾아가 미친년인 척 머리를 풀어헤치고 악을 쓰고 싶었다. 멱살을 잡고 엉엉 울면서 화풀이를 하고 싶었다.

답답함을 이기지 못하고 현관문을 열어젖혔다. 계단에 층층이 놓인 장독에서는 오늘도 퀴퀴한 장 냄새가 풍기고 있었다. 107호라고 적힌 문패를 한참 동안 노려보던 민지가 쿵쿵 소리를 내며 공용 현관으로 걸어 나갔다. 불투명 알루미늄 도어가 삐걱거렸다. 기묘하게 높은 쇳소리는 이명처럼 귀에 남았다. 자꾸만 머리가 지끈거렸다.

105동과 106동 사이에는 파란색으로 외벽을 페인트칠한 2층짜리 건물이 있었다. 관리 사무소가 위치한 단지 내 상가였다. 잘 가꾸어진 화단이 인상적인 건물엔 선인마트와 스포츠센터, 기원과 경로당이 입주해 있었는데, 1층에 있던 선인마트는 몇 년 전부터 2층으로 자리를 옮겨 수요일과 토요일에만 문을 연다고 했다. 101동에 살던 주인 할아버지가 사거한 이후 마트를 운영할 적임자를 찾지 못했다는 게 관리 사무소 측의 설명이었다. 그 대신 입주민들의 연령대를 고려해 경로당을 1층으로 옮겼는데, 신기하게도 담배만큼은 경로당 내부에서 현금을 받고 판매했다. 이래도 되는 건가 하는 생각이 들었지만 문제 삼지 않기로 했다. 새벽녘 지나가는 한 줌 바람이 모래 먼지를 일으켜 좋을 일이 없었다. 그건 사회생활을 하며 배워 버린 몇 안 되는 교훈 중 하나였다.

사도인지 농어촌 도로인지 모를 이면도로를 걷다 보면 국도와 연결되는 사차선 지방도가 횡으로 등장했다. 신호등 없는 횡단보도가 사거리마다 있기는 했지만 큰길을 걸어서 건너야 할 때면 주민 대부분은 횡단보도가 아닌 도로 밑 둑길을 이용했다. 서울의 천들과 달리 정연하게 관리되지 못한 시골 하천은 한겨울을 제외하면 항상 날벌레들이 들끓었다. 손부채를 부치며 걸음을 걷던 민지가 입을 앙다물며 손을 내저었다. 손톱 두께만큼 입을 벌리고 숨을 쉬는데도 가끔씩 벌레가 입안으로 날아들었다.

그렇게 종아리가 딴딴해졌다 싶을 즈음, 신기루처럼 읍내가 보였다. 설백군청이 위치한 용광읍이었다. 평생 돌아

오지 않겠다고 울부짖으며 저주했던 과거가 무색할 정도
로 정신을 차려 보니 다시 용광읍이었다. 엄마도 없는데
돌아와 버렸다. 어렸던 김민지의 시간들이 부정당하는 기
분이 들어 실소가 터져 나왔지만 통장에 찍힐지도 모르는
3천만 원은 과거의 상처보다 소중했다. 이게 결국 어른의
인생 아니겠냐는 자기합리화는 나이가 들어서 가질 수 있
는 뻔뻔함이었다. 바람이 선선해졌는데도 콧잔등에 땀이
맺혔다. 보도블록이 설치된 횡단보도 건너편으로 250세대
짜리 용광아파트가 보였다.

용광아파트를 보자 초등학생 시절이 떠올랐다. 막 입주
를 마쳐 온 동네 아이들이 매일같이 모였던 용광아파트 놀
이터에 어린 민지는 한 번도 초대를 받은 적이 없었다.

텅 빈 아파트 놀이터로 걸어 들어갔다. 페인트칠이 벗겨
진 미끄럼틀을 물끄러미 바라보다 녹이 슨 그네의 쇠줄을
괜스레 만지작거렸다. 햇빛에 적당하게 데워진 의자에 앉
아 모래에 발을 몇 번 구르다가는 놀이터를 비추는 CCTV
를 발견하고 엉거주춤 자리에서 일어섰다. 새들이 지저귀
는 소리가 시끄러웠다. 그렇게 들어와 보고 싶던 용광아파
트 놀이터였는데, 막상 들어와 보니 특별할 것이라고는 아
무것도 없었다.

단지를 빠져나오자 길 건너로 설백포레스트센텀리버카운티가 보였다. 재작년에 준공이 떨어졌다는 34층짜리 800세대 새 아파트는 20년도 넘게 용광읍 대장 자리를 지키고 있던 용광아파트를 큰 힘 들이지 않고 뒷방으로 밀어냈다. 그래 봤자 이 집이나 저 집이나 모두 남의 집들이었다. 용광읍에 그녀의 자리가 없는 건 그때도 지금도 달라진 게 없었다.

제대로 된 가로수 하나가 없는 이차선 도로 옆 인도를 걸었다. 용광로라는 다소 파괴적인 이름을 가진 이 도로는 군청 앞 삼거리와는 1킬로미터 이상 떨어져 있는 터미널 근처 상점 거리였다. 이 거리의 끝에 용광고등학교가 있었다. 러닝머신 위를 달리는 사람처럼 걸음을 멈추지 못하던 민지가 일순간 고장 난 기계처럼 자리에 멈추어 섰다. 숨이 차올라 가슴이 크게 오르내렸다. 지는 해를 마주한 얼굴은 샛노란 빛을 담아 붉게 번들거렸다.

고개를 돌렸다. 왼쪽 어깨 너머로 세월을 입고 변색된 전파사의 간판이 보였다. 수성전파사. 민지가 전파사의 이름을 작게 읊조렸다. 수줍게 웃고 있는 엄마의 얼굴이 유리창 위에 환영처럼 떠올랐다. 그리고 낯익은 얼굴이 나타났다. 초면이어야 할 익숙한 얼굴은 선인아파트에 있

는 문갑에서 용광로의 한복판으로 아무런 귀띔도 없이 날

아들었다.

탄광마을
사우나

"**또** 왔어요?"

정훈의 목소리가 등 뒤에서 들려왔다. 카운터 안쪽을 기웃거리던 민지가 재빠르게 몸을 틀었다.

"아무도 없는 줄 알았어요."

"아무리 시골이라도 자리 비울 때는 문 잠그거든요?"

민지가 정훈을 향해 무언가를 내밀었다. 그녀의 손엔 쇼핑백 하나가 들려 있었다.

"이게 뭐예요? 와인?"

"개업 축하 선물이요."

"저 개업했어요?"

“첫 손님 받았으니까 개업한 거나 마찬가지죠. 그런데 이젠 정말 오픈해도 괜찮을 거 같은데요?”

“레 페티 모우통 데 모우통…… 읽지도 못하겠는 거 보니까 이거 비싼 와인 아니에요?”

“비싼 와인 맞아요.”

민지는 순순히 고개를 끄덕였다. 라벨을 읽으려 노력하던 정훈이 답변을 듣자마자 빠르게 손에 든 쇼핑백을 되밀었다.

“받은 걸로 할게요.”

“숙박비예요. 그때 재워 주셔서 고마웠어요.”

“대신 개선 사항들 알려 줬잖아요. 그것도 대단히 조목조목. 그걸로 충분해요. 이건 마신 걸로 할게요.”

“싫어요.”

예상보다 더 단호한 거절 의사에 정훈은 난감하다는 표정을 지어 보였다.

“저 이거 못 받아요. 안 받을 거예요.”

“에이, 성의인데 진짜 이럴 거예요?”

“마음만 받을게요.”

“뭐야. 사람을 왜 민망하게 만들어요. 없어 보일까 봐 이런 말까진 안 하려고 했는데, 저도 이거 사실 선물받은 거예요. 예전에 거래처에서.”

가볍고 느슨한 재즈가 커피 향과 함께 코끝을 간질였다. 정훈은 민지의 얼굴을 찬찬히 뜯어보았다. 그녀는 꽤 진지한 표정을 짓고 있었다. 민지는 말을 멈추지 않았다.

“저 서울에서 마케터였거든요. 이젠 마케터라고 불러도 될지 모르겠지만, 여하튼 설백에 오기 전까진 마케터였어요.”

“그거랑 이 와인이랑 무슨 상관인데요?”

의자를 빼는 소리가 경쾌하게 들렸다. 민지는 의자 깊숙이 엉덩이를 밀어 넣었다.

“그게 언제였더라. 이미 계약기간이 끝난 거래처의 통관 문제를 어찌저찌 해결해 준 적이 있어요. 그것도 일개 마케터가. 그때 거래처 이사님께서 이걸 사 들고 오셨지 뭐예요. 왜, 와인 한창 유행했을 때 있었잖아요. 저 같은 서민한텐 너무 비싼 와인이라 포장도 뜯지 못하고 있었는데 피차 잘됐죠, 뭐.”

“저기요.”

“아니요.”

민지는 정훈의 말을 단호하게 끊었다. 코앞까지 다가온 쇼핑백을 멈춰 세운 두 손에는 단단한 힘이 들어갔다.

"누가 선물을 주면 그냥 좀 받아요. 주는 사람은 주고 싶어서 주는 거니까. 받는 사람이 기뻐해야 주는 사람도 기분이 좋죠."

말을 마치며 머릿속에 떠오른 건 또다시 엄마였다. 미숙에겐 선물을 건네는 사람을 화가 나게 만드는 신비한 재주가 있었다.

처음 상경했던 서울에서 무사히 한 학기를 마치고 설백에 돌아왔을 때였다. 아르바이트를 한 돈을 모아 백화점에서 산 옷을 엄마에게 내밀었다. 한여름 에어컨 아래에서나 입을 수 있는 얇은 카디건이었다.

베이지색 카디건을 받아 든 엄마의 첫 대사는 돈이었다.

"너 이거 얼마 주고 샀어?"

"그냥 샀어."

"롯데백화점? 이거 백화점에서 샀어?"

그때나 지금이나 민지는 표정 관리를 잘하지 못했다.

"엄마, 진짜 비싼 브랜드들은 박스로 포장해서 자기 브랜드 쇼핑백에다 옷 넣어 줘. 이건 안 비싸서 백화점 쇼핑백에 담아 준 거야."

"그래도 10만 원 넘지?"

"그야 백화점 옷이니까."

"너 이 지지배, 돈 없다며! 돈 없다고 징징거렸던 게 언제인데 이런 데다 돈을 써. 심지어 이건 얇기도 얇아서 원단도 얼마 안 들어갔겠구만. 이거 요 앞 양 씨네 집에서 사면 만 원도 안 해."

"그냥 고맙다고 한마디 하고 받아 주면 안 돼? 일주일 뒤에 엄마 생일이잖아. 그래서 샀어."

"생일이 밥 먹여 줘? 다음 달 등록금이 얼마인데 이런 데다 돈을 써, 돈을 쓰기는."

"등록금은 학자금 대출 받을 거라고 했잖아."

"그래도 아낄 수 있는 건 최대한 아껴야지. 이거 영수증 아직 안 버렸지?"

"아, 엄마!"

숨이 막힐 정도로 가슴이 답답해지는 기억 구덩이에서 그녀를 꺼내 준 사람은 정훈이었다. 그는 갓난아이를 품에 안아 들듯 쇼핑백을 받아 들었다.

"그럼 같이 마셔요. 진짜 개업식 할 때."

그리고 정훈의 손이 민지의 손끝을 스쳤다. 손가락 끝에 상대의 체온을 느낀 민지는 황급히 쇼핑백에서 손을 떼어 냈다. 마지막으로 누군가의 체온을 느껴 본 건 전생이었나 싶을 만큼 아득히 먼 과거의 일이었다.

어느덧 시야에서 사라진 정훈이 큰 목소리로 그녀를 찾았다.

"이거 보관은 어떻게 해요?"

"저는 그냥 냉장고에 뒀었어요. 그 뒤에도 공간이 있어요?"

"그럼요. 여긴 목욕탕이었잖아요."

다시 카운터로 돌아 나온 정훈의 손에는 티라미수케이크가 담긴 커다란 접시가 들려 있었다.

"먹어 볼래요?"

"그쪽이 만든 거예요?"

"이거 하나만큼은 제가 직접 만든다니까요."

포크와 앞접시를 찾는 정훈의 뒷모습이 어딘지 모르게 들떠 보였다. 마치 방학 숙제를 스스로의 힘만으로 해낸 어린아이 같았다.

"여기 오븐도 있어요?"

"티라미수 만들 때는 오븐이 안 필요해요."

"진짜요? 몰랐어요. 빵은 다 굽는 건 줄 알았는데."

"관심사가 아니면 모르는 게 당연하죠. 어때요. 덜어 먹을래요, 아니면 퍼 먹을래요?"

"티스푼으로 퍼 먹기엔 양이 너무 많은 거 아니에요?"

너털웃음을 터뜨리는 민지 앞에 정훈은 예쁜 앞접시와

티스푼을 놓았다. 그는 허밍을 하며 카운터 안쪽으로 걸어 들어가 에스프레소 머신을 작동시켰다. 곧 그르릉거리는 소리와 함께 뜨거운 커피 두 줄기가 흘러나왔다.

"오늘은 그냥 아메리카노, 괜찮죠?"

"뭐야. 오늘도 내가 대접받는 거예요?"

"이건 와인 선물에 대한 보답."

여유롭게 움직이는 정훈의 뒷모습을 보며 민지는 티스푼으로 케이크의 가장자리 부분을 깊게 퍼냈다. 코코아파우더가 입술에 묻어났다. 곧 촉촉하면서도 부드러운 식감이 깊은 풍미와 함께 입안 가득 퍼졌다.

"뭐야, 진짜? 이거 너무 맛있는데요?"

"그거야 많이 만들어 봤으니까."

"말도 안 돼. 서울에서 먹었던 것들보다 훨씬 더 맛있어요."

"빈말 아닌 거 알아요. 그거 생크림이나 크림치즈 안 들어간, 진짜 이탈리아식 티라미수거든요. 마스카르포네 들어간."

"마수…… 뭐요?"

"마스카르포네치즈요. 치즈 이름이에요. 맛있죠. 그거 한 그릇 다 가져가세요. 대신 다 먹고 그릇은 깨끗하게 씻어서 돌려주기."

아이스아메리카노 한 잔과 뜨거운 아메리카노 한 잔을 손에 든 정훈은 자연스럽게 민지의 앞에 자리를 잡고 앉았다. 후드티에 앞치마를 입은 정훈의 모습은 잡지에 실려도 좋겠다 싶을 정도로 입고 태어난 듯 잘 어울렸다.

아이스아메리카노 한 모금으로 입술을 적신 민지가 다시 티스푼을 손에 들었다.

"그런데 티라미수케이크는 왜 또 만들었어요? 이미 잘 만든다면서."

"개업하기 전에는 컨디션을 계속 체크해야죠. 커피 컨디션도, 케이크 컨디션도."

"어머, 개업 날짜 정해졌어요?"

"일단 게스트 하우스에 침대랑 TV, 미니냉장고가 어제 다 들어왔고, 여탕도 다음 주면 리모델링이 끝나기는 해요."

"아, 여탕이요."

민지의 말끝이 모차렐라처럼 늘어졌다. 그녀가 허락도 받지 않고 여탕에 몰래 들어갔던 일을 그가 알고 있을지 못내 궁금했다.

상대의 조바심을 알지 못하는 듯 정훈은 손가락을 들어 관자놀이를 긁적였다.

"그런데 게스트 하우스랑 카페를 혼자 운영할 수 있을

지 아직도 확신이 안 서요. 카페 오픈 시간만 조금 조정하면 어떻게 가능할 것도 같긴 한데.”

“여탕…… 은요?”

순간 정적이 카페에 들어섰다. 민지의 얼굴을 빤히 바라보던 정훈이 오른쪽 팔꿈치를 테이블에 올려놓고 손바닥으로 턱을 괴었다.

“그게, 사실 아로마테라피? 그런 것을 해 보려고 구조 변경까지 했는데요. 결론적으로는 못 할 것 같아요.”

“왜요?”

“그냥, 관리를 못 할 것 같아서요. 물값도 만만치 않을 거고. 카페랑 게스트 하우스 운영하면서 청소까지 직접 하긴 어려울 것 같아서.”

“사람 쓰면 되잖아요.”

“손님이 몇 명 올지도 모르는데 어떻게 고용을 먼저 해요. 사업 안 해 봤죠? 고정비용 중에 제일 무서운 게 인건비인 거 알아요?”

“그럼 저 시켜 주세요. 저 청소 잘해요.”

그리고 음악이 끊겼다. 인터넷 연결이 매끄럽지 못한 건지 아니면 다음 동영상 자동 재생 기능을 꺼 놓은 건지, 따뜻하고 재지했던 음악은 더 이상 스피커에서 흘러나오지 않았다. 들리는 소리라고는 서로가 내쉬는 숨소리가 전부였던 순간, 딸—랑, 종소리가 울렸다. 정훈의 시선이 출입구를 향했다. 다소 긴장되어 있던 표정이 다정함을 담아 편안하게 이완되었다. 그 모습을 본 민지가 정훈의 시선을 따라 고개를 돌렸다. 출입문을 열고 들어온 사람은 얇은 카멜색 코트를 입고 있는 긴 생머리의 여자였다.

정훈과 눈인사를 나눈 여자는 미소를 지으며 민지에게 목례를 건넸다. 그에 민지는 허리를 곧추세웠다.

자리에서 먼저 일어선 사람은 정훈이었다.

"저희……."

"한번 생각해 주세요. 설백에 있는 동안은 어차피 할 일이 없거든요."

자리에서 벌떡 일어선 민지는 관절이 고장 난 인형처럼 삐걱대며 출입문을 향해 걸어갔다. 지금 자신이 무슨 말을 한 건지 판단이 잘 서지 않았다. 곁을 스치듯 지나쳤지만 여자의 얼굴은 제대로 보지 못했다. 좋은 향기를 풍기는 여자는 앉아서 봤을 때보다 키가 더 크고 체격이 좋았다.

딸—랑. 문을 열자 건물 밖에서부터 바람이 불어 들어왔다. 붉게 달아오른 두 뺨과 목덜미가 피할 도리 없이 후끈거렸다.

들켰을까?

어쩌면 정훈은 민지가 허락도 없이 여탕에 들어갔던 사실을 알고 있을지도 몰랐다. 대놓고 붉은 빛을 뿜어내는 카메라는 없었지만 길 건너에 고성능 CCTV가 설치되어 있을 가능성까지는 배제할 수는 없는 일이었다. 건물 정면을 마주 보고 주차되어 있는 1톤 트럭 역시 미심쩍기는 마찬가지였다. 여탕에 몰래 들어가는 그녀의 모습이 블랙박스에 찍히지 않았을 가능성은 희박했다. 그리고 트럭의 주인은 아무리 생각해도 정훈일 수밖에 없었다.

차 문을 열고 운전석에 앉은 민지가 도어포켓에 들어 있던 작은 생수 페트를 꺼내 뚜껑을 열었다. 잔물결이 일어난 수면은 지진이 발생한 것처럼 위아래로 흔들리고 있었다.

들켰을까?

3천만 원이 여탕 바닥에 묻혀 있는지에 대한 대답을 결국 찾지 못했다. 어쩌면 공사를 한 인부들이 꺼내 갔을 수도, 정훈이 보관하고 있을 수도, 돌아가셨다는 삼촌이 진즉에 썼을지도 모를 일이었다.

반짝거리며 허공을 날아다니던 비누 거품들이 불현듯 떠올랐다. 환영이었다고 결론 지었지만 사우나 바닥에 금고처럼 생긴 쇳덩이가 있었다는 말은 쉽사리 뇌리에서 지워지지 않았다. 고작 3천만 원이 헛것을 보게 만들 정도로 강력한 유인인가 하는 자괴감이 찾아왔지만, 내 것이어야 할 돈이 사라졌다 생각하니 화가 차오르고 속이 쓰렸다. 공돈은 남의 영업장에 몰래 숨어들 위험을 감수하게 할 만큼 매혹적이고 위력적인 존재가 분명했다.

들켰을까?

설백군 용광읍에 살았던 김미숙은 다방 레지 출신의 선탄부였다. 동네에서 모르는 사람이 없을 정도로 유명했던 그녀는 일요일마다 화려한 원피스를 입고 딸인 민지와 함께 성당에 다녔다. 민지도 미숙도 모두 불신자였지만 신을 믿고 믿지 않고는 성당을 다니는 데 있어 그다지 중요한 일이 아니었다. 만약 로라가 엄마를 일컫는 또 다른 이름이라면 정훈이 엄마를 알고 있었던 건지가 궁금했다. 아니, 엄마야 온 마을이 알던 위인이었으니 자신이 미숙의 딸이라는 사실을 그가 알고 있는지의 여부가 궁금했다. 몰랐으면 했다. 제발 낯선 이이길 바랐다. 그건 학창 시절부터 지금까지 쭉 이어져 온 설백 출신으로서의 일관된 바람이었다.

지는 해의 강렬한 햇살이 차창을 뚫고 들어왔다. 백미러로 후방을 살피던 민지가 거울에 시선을 고정시켰다. 입꼬리에는 샛노란 티라미수 크림이 묻어 있었다. 황급히 엄지 손톱으로 크림을 닦아 내자 곱게 갈린 갈색 파우더가 달뜬 살갗에 타고 남은 재처럼 거멓게 번졌다. 민지는 핸들 위에 손을 올려놓고 눈을 감았다. 입에 묻은 티라미수를 봤을 텐데도 정훈과 여자는 아무런 말도 해 주지 않았다.

들켰을까.

심장이 쿵쿵대며 거세게 뛰기 시작했다. 따뜻한 재즈가 흐르던 카페의 커피 향기가 떠올랐다. 정훈의 눈빛이 아른거렸다. 여자의 얼굴은 끝내 기억나지 않았다.

탄광마을
사우나

6

회복탄력성

지잉— 지잉—

현관 벨소리가 요란하게 울렸다. 주중과 주말의 경계가 지워진 삶을 사는 건 끝없는 무료와 흐릿한 불안 사이 그 어딘가를 걷는 행위였다. 휴대폰을 손에서 놓지 못하고 끊임없는 도파민에 취해 있다 보면 무뎌진 현실감각에 어느덧 자아는 모습을 감추었다. 유튜브, 인스타그램, 비슷비슷한 게임들과 각종 커뮤니티들이 새로운 친구이자 직장 동료였다. 사람을 만날 일이 없었다. 직업이 없는 개인을 누군가 먼저 찾아 주는 일은 20대에나 할 수 있는 애정 어린 행동이었다.

그런데 현관 벨이 울렸다. 찾아올 사람이 없는데 이상한 일이었다. 심지어 이곳은 서울의 오피스텔도 아닌 설백의 아파트였다. 여느 날처럼 거실 소파에 누워 휴대폰을 보고 있던 민지가 눈알을 굴려 현관문을 쳐다보았다. 인기척을 내지 않고 애써 숨을 죽이는데 다시 한번 누군가 벨을 눌렀다. 무거운 몸을 억지로 일으켜 현관을 향해 걸어갔다. 하늘색 철문 위에 설치된 석양빛 센서 등은 민지의 걸음보다 한 박자 늦게 불을 밝혔다.

“누구세요.”

지잉― 지잉―

상대는 대답을 하는 대신 또다시 벨을 눌렀다. 조금 더 큰 목소리로 민지가 밖을 향해 소리를 질렀다.

“누구세요!”

“아이, 저, 나는.”

매가리가 하나도 없는 목소리였다. 나이 든 여성의 힘없는 대꾸에 민지는 망설이며 손잡이를 돌렸다. 쇠사슬형 안전 고리는 그대로 걸어 둔 채였다.

문이 열리자 조도가 낮은 복도 등이 켜졌다. 빛이 새어 들어오는 좁은 틈 사이로 작은 키에 마른 몸, 구부정한 체형을 가진 할머니 한 명이 서 있는 모습이 보였다. 경계를 풀지 않은 민지가 다시 한번 상대에게 누구인지를 물었다.

"누구세요?"

"아이, 저, 여긴 미숙이네인데."

아이를 낳는 순간 자신의 이름 대신 누구누구의 엄마로 불리게 되는 날이 많아지는 게 대한민국 엄마들의 현실이라지만, 유별나게도 미숙은 민지의 엄마보다 미숙으로 불린 날이 더 많았던 사람이었다. 엄마의 이름을 들은 민지의 두 눈이 가자미처럼 얇아졌다. 이곳이 김미숙의 집이라는 멘트는 상대가 아닌 민지가 해야 할 대사였다. 안절부절못하며 연신 손가락을 조몰락거리던 상대는 고개를 쭉 빼어 집 안을 기웃거리려 했다.

민지가 체중의 중심을 옮기며 노인의 시야를 차단했다.

"저기요, 할머니. 누구시냐고요"

"그러는 그쪽은 누구요?"

"저는."

자신이 누구인지 끝까지 정체를 밝히지 않은 상대에게 선뜻 대답을 하기가 꺼려졌지만 그래도 엄마의 이름을 알고 온 사람이었다. 어쩌면 눈앞에 서 있는 사람은 이 집에 대해 그녀보다 더 많이 알고 있는 이웃일지도 몰랐다. 엄마의 부고를 아무에게도 알리지 않았다는 사실에 가져 본 적 없던 죄책감이 가슴을 짓눌렀다. 눈곱이 잔뜩 낀 눈물 언덕처럼 딱딱하게 굳은 표정으로 민지는 적절한 단어를 찾아내기 위해 말을 골랐다.

“상속…… 예정인이에요.”

“상속이요? 김미숙이가 이 집을?”

“아마도요.”

노인은 혼란스러워 보였다. 혼란스러워진 건 민지 역시 마찬가지였다. 생각해 보니 아직 소유권이전등기를 하기 전이었다. 등기부등본상 이 집의 주인은 미숙이란 소리였다. 어딘가 숨겨진 엄마의 유언장이 있어 이 집을 특정인에게 넘긴다는 공증이 있을지도 모를 일이었다. 건방지고 자만했다. 자책의 흔적을 상대방에게 내보이지는 않았다.

노인은 아래턱을 덜덜 떨었다. 안전 고리가 허락한 범위 내에서 문을 활짝 연 민지가 표정을 애써 가다듬었다.

“엄마가, 돌아가셨어요.”

“김미, 김미숙, 미숙이, 그러니까 김미숙이가…….”

“예, 몇 주 전에 세상을 떠나셨어요.”

“미숙이가. 미숙이가요. 아이고, 미숙아.”

노인의 얼굴이 엉망으로 일그러지기까지는 찰나의 시간도 필요하지 않았다. 그 모습을 본 민지는 가만히 입을 다물었다. 지금이라도 쇠사슬을 제거하고 문을 활짝 열어야 할지, 그래서 일면식도 없는 노인과 부등켜안고 엄마의 마지막을 슬퍼해야 할지, 아니면 노인을 집 안으로 들여차라도 대접해야 할지 판단이 서지 않았다.

정신을 차리게 해 준 건 문 밖에 서 있는 노인의 행동이었다. 눈물범벅이 된 얼굴로 노인은 민지의 손을 덥석 붙잡았다.

"그럼 네가 민지겠구나. 김미숙이 딸. 엄마가 많이 밉지. 그래도 너무 미워하진 마래. 불쌍하니까. 아이고, 아이고, 김미숙이 불쌍해서 어떡한다니."

단어 하나를 말할 때마다 손등을 쓸어 대는 노인 때문에 가뜩이나 건조했던 손등이 금세 붉어졌다. 민지는 손목을 돌려 주름진 두 손을 움켜쥐었다. 노인은 어깨까지 들썩거리며 울고 있었다.

"감사해요, 엄마 위해 울어 주셔서."

"아이, 나는 지금까지 송 씨가 공과금을 대신 내 주고 있는 줄 알았지. 그래서 전기도 들어오고, 물도 나오고, 사람 사는 집처럼 있는 줄 알았지."

"송 씨요?"

스쳐 가는 얼굴이 있었다. 유리창에 비친 흐릿한 그림자를 떠올리며 민지가 노인의 손을 잡은 손에 힘을 주었다.

"송 씨가 혹시 전파사 사장님이에요?"

"어어?"

"저기, 읍내에 있는 전파사요. 이름이 수성전파사?"

"어어. 맞는데."

"혹시 엄마랑 그 송 씨라는 분이랑 어떤 관계인지 여쭤봐도 될까요?"

관계라는 단어에 노인의 흐린 눈동자가 사방으로 흔들렸다. 작고 마르고 등이 굽은 노인은 당황한 게 분명했다. 하지만 그것도 잠시, 노인은 에이 소리와 함께 민지의 손을 단호하게 뿌리쳤다. 그러고는 손을 내저으며 세차게 고개를 가로저었다.

"에이, 아니래. 남사스럽게. 송 씨는 친구다, 친구. 느이 엄마랑 아빠 친구."

아빠? 엄마는 아빠라는 단어를 좋아하지 않았다. 그 때문에 태어나기도 전에 아빠를 잃은 어린아이는 아빠라는 단어를 입에 담을 기회를 박탈당한 채 어른이 되고 말았다. 민지의 기억 속 아빠는 없는 사람이었다. 기억 저장소 어디에도 아빠는 흔적을 남기지 않았다.

어린 시절, 무엇 때문이었는지는 이제 기억나지 않지만

엄마에게 호되게 혼이 났던 날이 있었다. 속상하기도 하고 억울하기도 한 심정에 일부러 아빠를 찾으며 목 놓아 울었지만 엄마는 그런 민지를 방에 가둬 둔 채 탄광으로 출근을 했다. 얼굴 한번 보지 못한 아빠를 왜 그리 찾느냐 묻지도 않고, 아빠를 한 번만 더 찾았다가는 혼쭐을 낼 것이라고 협박도 하지 않고, 그저 민지가 눈에 보이지 않는 사람인 것처럼 홀연히 방에서 사라졌다. 울다 지쳐 잠이 들었다 깬 민지가 맞닥뜨린 건 빛 한 줌 들지 않는 어두운 방에 덩그러니 남겨진 자신이었다. 그날, 어린 민지는 이러다 엄마마저 잃어버리는 건 아닐까 불현듯 겁이 났다. 그래서 다시는 아빠를 찾지 않았다. 신기한 건 그녀에게 아빠에 대한 이야기를 해 주는 사람 역시 한 명도 없었다는 사실이었다.

그런데 아빠를 언급하는 사람이 나타났다. 심지어 노인은 아빠만이 아니라 엄마의 또 다른 남자인 송 씨도 알고 있는 눈치였다.

당황한 기색을 숨기지 못한 노인은 옷소매로 눈가를 닦으며 손을 내저었다. 무어라 말을 하려는 것 같긴 한데, 부들부들 떨리는 입술이 온통 단어들을 막아서 그 의미가 제대로 전달되지 않았다.

공용 현관 출입문까지 난 계단은 총 여섯 개였다. 노인은 몸을 돌려 황급히 계단을 뛰어 내려가기 시작했다. 서둘러 현관문을 닫아 안전 고리를 제거한 민지가 문을 완전히 열었지만 아파트 내부엔 아무도 남아 있지 않았다.

패딩은커녕 속옷조차 입지 않은 잠옷 차림이었지만 중요하지 않았다. 밖으로 뛰어나간 민지가 큰 소리로 할머니를 불렀다. 구부정한 자세의 노인은 생각보다 발이 빨랐다. 노인을 따라가다 보니 그녀는 어느새 주차장 끝에 도착해 있었다.

"할머니!"

단지 전체를 울리는 쩌렁쩌렁한 목소리에 노인이 걸음을 멈추어 섰다. 보라색 고무 털신 위로 먼지 같은 것이 흩날렸다. 차가운 먼지들은 민지의 손등에도 떨어졌다. 설백이어서 가능한 이른 눈발, 혹은 차가운 빗방울이었다.

"할머니!"

민지가 다시 한번 할머니를 불렀다. 노인의 표정에선 더이상 연민을 찾아볼 수 없었다.

하지만 막상 대화를 나누려 하니 무슨 말부터 꺼내야 좋을지 감이 오지 않았다. 너무 많은 질문들이 머릿속에서 뒤엉켜 오히려 말문이 턱 막혔다.

　망설이던 입에서 튀어나온 건 민지 스스로도 예상하지 못했던 질문이었다.

　"혹시 이 동네에 사우나가 더 있을까요? 탄광마을 사우나 말고요."

　노인의 마지막 표정은 기억나지 않았다. 다만 그녀가 아무런 대답도 없이 자리를 떴다는 건 지금 민지가 선인아파트에 머물고 있다는 것만큼이나 부인할 수 없이 명확한 사실이었다. 발등이 시려 고개를 숙이니 아스팔트 위에 덩그러니 놓여 있는 허연 발이 보였다. 슬리퍼 하나 챙겨 신고 나오지 못할 정도로 급한 일이었나 싶은 생각에 눈물이 차올랐다. 뺨을 타고 흐르려는 눈물을 손등으로 꾹꾹 눌러 닦고 몸을 돌렸다. 오랜 시간 시동을 걸지 않은 자동차가 보였다. 아직 5년 할부도 다 끝나지 않은 멀끔한 새 차였다. 그런 소중한 차가 먼지를 뒤집어쓴 채 낯선 주차장에 덩그러니 세워져 있는 모습을 보니 카지노 근처에 버려진 주인 없는 차들이 떠올랐다. 종종걸음으로 차를 향해 걸어가 소매를 끌어 운전석 앞 창문을 닦았다. 하지만 이미 굳어 버린 먼지들은 번지기만 할 뿐 말끔하게 닦일 기미가 보이지 않았다. 지저분해진 소매를 내려다보던 민지는 고개를 숙이고 발가락을 꼼지락거렸다. 어쩌자고 이런 상황을 만든 건지, 스스로가 이해가 가지 않았다. 처음부터 정상적인 삶을 살아 본 적은 없었지만 이번엔 궤도를 유독 크게 이탈한 게 분명했다. 다시 시작할 방법이 떠오르지 않았다. 자동차 앞 유리에 쌓인 먼지 같은 두려움이 울퉁불퉁 창백해진 발등 위를 스멀스멀 기어올랐다.

맥주를 사기 위해 선인마트를 찾았지만 문이 잠겨 있었다. 오늘이 무슨 요일인지 기억나지 않았다. 적어도 마트가 문을 여는 수요일과 토요일은 아닌 게 분명했다. 잠옷바지에 패딩을 걸친 채 마트 안쪽을 기웃거리던 민지는 터벅거리는 걸음으로 계단을 내려갔다. 맥주 한 캔을 사려 해도 쉽지 않은 동네였다. 청소업체 사장이 잠수를 탄 이유를 알 것 같았다. 누군가 지방 소멸에 대한 설문조사를 한다면 설백은 별다른 저항 없이 소멸예상지역 1위를 차지할 게 분명했다.

그냥 집에 들어갈지 자동차에 시동을 걸지 고민하던 민지는 털 크록스를 질질 끌며 단지 바깥쪽으로 걸음을 옮겼다. 구멍이 송송 뚫려 있는 하얀색 크록스 위로 도망치듯 사라지던 보라색 고무 털신이 겹쳐졌다. 노인이 도망가던 뒷모습을 떠올렸다. 적어도 엄마의 집 앞에서 노인을 다시 만나기는 불가능하지 싶었다.

하지만 송 씨라면 만날 수 있을지도 몰랐다. 전파사를 운영하는 그는 어쩌면 3천만 원에 대한 비밀을 알고 있을지도 몰랐다. 읍내에 가서 그를 만나야겠다는 생각이 들었다. 한 번 들기 시작한 송 씨에 대한 생각은 산 중턱에 뿌리내린 칡넝쿨처럼 머릿속을 뒤덮어 다른 생각을 할 수가 없게 만들었다. 민지의 걸음이 빨라졌다. 한시라도 빨리 그를 만나고 싶었다.

찬 바람이 불어왔다. 피부가 따가웠다. 서울은 가을이어도 설백은 겨울이었다. 늦가을 혹은 초겨울이라 불리는 시기의 날씨는 설백에선 그저 겨울일 뿐이었다. 피부를 파고드는 칼날 같은 바람은 어릴 때도 지금도 잔인하리만치 사람을 차별했다.

탄광촌이기에 연탄은 넉넉할 것 같았지만 실상은 그렇지 못한 날이 많았다. 석탄이 나는 동네에 사는 사람들이 연탄을 사지 못했다. 크리스마스트리가 반짝이는 연말, 단체복을 맞춰 입은 사람들이 사진을 찍고 가지 않으면 그해 겨울은 맨몸으로 미지근한 아랫목을 견뎌야 했다. 90년대에도, 밀레니엄이 찾아왔다는 2000년대에도 그랬다. 초상권과 동정 어린 시선들은 새 연탄과 등가교환이 가능한 시대적 무기였다. 그래도 엄마가 석탄공사 직원이었던 민지는 상황이 나은 편이었다. 산 중턱 동네에는 낡은 슬레이트 지붕 아래 금이 간 창문을 비닐로 막고 사는 친구들이 있었다. SNS가 없어 다행인 시절이었다. 살면서 에스컬레이터 한번 타 보지 못한 친구들은 TV에 나오는 장면들이 모두 거대한 세트장일 것이라 생각했다.

맑은 공기를 크게 들이쉬었다. 헛웃음이 배어 나왔다. 예전과는 비교도 할 수 없게 좋아진 공기질 때문이었다. 시골 산동네는 공기가 맑아야 할 것 같지만 과거의 설백은 그러지 못했다. 석탄 때문만은 아니었다. 물론 석탄 때문에 검은 천이 흘렀던 것도, 하얀 운동화를 신으면 이틀 만에 검댕이 묻어났던 것도 사실이었지만 시골 마을의 진짜 문제는 뒷마당에서 이루어지던 쓰레기 소각이었다. 하루가 멀다 하고 마당과 뒷산에서 쓰레기를 태워 대는 바람에 설백의 공기 중엔 항상 매캐한 냄새가 떠돌았다. 샴푸로 머리를 감아도 좋은 향이 맡아지지 않았다. 그게 당연한 줄로만 알았다. 버스에서 담배를 피워도, 어린이들이 술심부름을 다녀도 그땐 정말 모두가 괜찮은 줄로만 알았던 날들이었다.

차도와 인도의 경계가 모호해지는 지점에서 도로는 더

이상 사람을 배려하지 않았다. 온데간데없이 사라진 인도
는 사람을 하얀 실선 밖, 아스팔트가 끝나는 지점으로 담
배꽁초 털어 내듯 밀어냈다. 완만하게 경사가 진 아스팔트
위를 걷다 큰 차가 보이면 낙엽이 쌓인 흙바닥 위로 재빨
리 몸을 피했다. 땅이 온전히 얼지 않아 신발은 금세 더러
워졌다. 걸어서는 밖으로 나가기 힘든 동네였다. 어차피
사라질 시골 마을, 어쩌면 아무도 신경을 쓰지 않는 게 당
연한 일 아니겠냐마는 그래도 아직 살고 있는 사람들이 있
었다. 지금까지 선인면에서 살아온 사람들은 도대체 무슨
생각으로 이 불편을 견뎌 온 건지, 그들의 어제와 오늘이
이해가 가지 않았다.

하늘은 우중충했다. 검은 구름이 떠 있는 건 아니었지만
어디에서도 태양의 흔적을 찾아볼 수 없었다. 저 구름은
회색인 걸까, 비둘기색인 걸까, 그보다는 흰색 물감을 조
금 더 섞은 것 같은데 따위의 생각을 하고 있는데 깨알보
다 작은 물방울 하나가 오른쪽 뺨에 떨어졌다. 주머니에서
손을 꺼내 뺨에 떨어진 물방울을 닦아 내자 그보다 더 굵
은 빗방울 서너 개가 이마 위로 떨어졌다. 한겨울 야외 화
장실에서 소변을 본 것처럼 몸이 떨렸다. 양팔과 어깻죽지
를 따라 좁쌀만 한 소름들이 오소소 돋아났다.

읍내까지는 가야 편의점에서 새 우산을 살 수 있었다. 양말도 신지 않아 맨발인 민지는 주위를 두리번거리며 앞을 향해 달려가기 시작했다. 크록스 내부의 폭신했던 털들이 축축해지는 게 발바닥을 통해 그대로 전달되었다.

숨이 차오를 때까지 뛰다가 걷다가를 반복했다. 정신을 차려 보니 어느덧 회전교차로가 위치한 삼거리 앞이었다. 이제 용광읍내가 멀지 않았다는 생각에 빠른 속도로 가드레일 옆을 뛰어가는데 멀지 않은 거리에서 노란색 불빛이 반짝였다. 탄광마을 사우나였다. 전구색 조명은 좁고 긴 창문을 뚫고 나와 비에 젖은 민지를 유혹하듯 끌어당겼다. 무언가에 홀린 표정으로 탄광마을 사우나를 향해 방향을 틀었다. 이제 곧 오픈한다는 그곳에선 따뜻한 커피와 새하얀 수건이 그녀를 기다리고 있을 것만 같았다.

손끝이 울렸다. 그 감각만 아니었다면 지금이 꿈인지 현실인지를 구분해 내지 못했을 것이었다. 남탕이라고 적힌 문을 열었다. 카페는 텅 비어 있었다. 낮게 흐르는 재즈가 비에 젖은 민지의 몸을 땅으로, 그보다 더 깊은 곳으로 끌어 내렸다.

머리가 핑 돌아 출입문 옆 테이블을 짚고 체중을 실었

다. 딸—랑, 커다란 소리로 종이 울렸다. 견디기 힘든 두통이 찾아왔다. 민지는 미간에 손을 올리며 고개를 들었다.

"뭐예요?"

정훈이었다. 건설 현장용 작업복을 입고 있는 그는 놀란 표정으로 민지를 부축했다. 민지는 얼굴에 열이 오르는 걸 느꼈다.

"아, 저, 그게, 걷고 있는데 갑자기 비가 와서……."

"괜찮아요?"

"괜찮긴 한데, 우산을 빌릴 수 있을까 싶어서요."

"당연하죠. 저 지금 실리콘 쏘다 와서 그것만 마무리하고 올게요. 잠깐만 기다려요."

다급하게 중문을 열고 나가는 정훈의 뒷모습을 가만히 바라보던 민지가 천천히 벽에 몸을 기댔다. 얼굴이 후끈거렸다. 이번엔 서툴기만 했던 20대 시절이 떠올라서였다.

누군가 자신을 떠나가려 할 때 혹은 떠나갔을 때, 그녀는 단 한 번도 상대를 설득해 낸 적이 없었다. 바짓가랑이를 붙잡으며 빌어도 보고 미련이 없는 척 등도 돌려 봤지만, 한 시절 그녀와 삶을 공유했던 이들은 어느 순간 홀연히 그녀의 인생에서 모두 사라졌다. 평생의 벗이면서 연인이자 가족이고 싶었는데, 곁을 내주었던 사람들은 결국 그녀를 시절인연 취급했다. 민지가 지금 설백에 내려와 있다는 사실을 알고 있는 사람 역시 한 명도 없었다. 설백에서 객사할 경우를 상상했다. 그녀의 마지막을 배웅해 줄 사람은 아무리 생각해도 군청 공무원이 유일하지 싶었다.

사람들은 이런 상황이 찾아오면 보통 엄마를 찾겠지만, 민지에게 그건 다른 세상의 이야기였다. 아주 오랜만에 아빠라는 단어 역시 입에 머금어 봤지만 아빠의 얼굴은 사진에서조차 본 기억이 없었다. 이래서 결혼과 출산을 해야 한다는 건가 잠시 생각하다가 외로움을 달래려 가정을 이룬다면 그건 또 무슨 죄인가 싶어 마음이 콩알만 해졌다. 변명이었다. 현실은 아무도 그녀와 가족이 되고 싶어 하지 않았다. 외로웠다. 하지만 그건 있을지 없을지도 모를 3천만 원 때문에 연을 끊었던 엄마의 집에서 한 달 살기를 결심한 스스로가 가져서는 안 될 감정 같았다. 그래, 돈, 돈이 필요했다. 돈이 있으면 이토록이나 불안정하고 불필요한 감정들을 모조리 청소할 수 있을 것만 같았다. 청소? 그래, 청소. 정훈은 아무래도 여탕의 청소를 그녀에게 맡길 생각이 없는 것 같았다. 어쩌면 그녀가 몰래 여탕에 잠입했던 사실을 알고 있을지도 몰랐다. 그렇다면 여탕에는 손님으로 다시 가야 한다는 말인데, 그때 본 반짝이던 비누 거품들은…….

　저기요! 정신 차려요! 하는 목소리가 환청처럼 꿈속으로 스며들었다. 눈을 뜨니 진초록 천장이 물에 낀 이끼처럼 흔들리고 있었다. 온몸을 뒤덮은 새하얀 침구에서는 새것 냄새가 났다. 이름도 얼굴도 모르는 누군가가 그리웠다. 민지는 다시 눈을 감았다.

탄광마을
사우나

7

나영

깊게 잠들었다 깨어나는 순간은 숨소리부터가 달랐다. 무선 이어폰을 끼고 유튜브를 보고 있던 정훈이 휴대폰을 주머니에 집어넣었다. 민지의 가슴이 크게 오르내렸다. 눈을 뜬 그녀는 혼란스러워 보였다.

그는 민지의 이마에 손을 짚었다. 식은땀으로 번들거렸던 이마가 무색할 정도로 불덩이 같았던 열은 더 이상 느껴지지 않았다.

"쓰러졌던 거 기억나요?"

"제가요?"

자리에서 벌떡 일어나던 민지가 몸을 앞뒤로 크게 휘청

었다. 그냥 누워 있으라는 정훈의 조언에도 민지는 자리에서 일어나 물을 찾았다. 작은 냉장고에는 500밀리리터 페트 두 통이 들어 있었다. 시원한 페트 하나를 꺼내 온 정훈이 타닥 소리를 내며 물병의 뚜껑을 열었다.

눈을 비벼 눈곱을 떼어 낸 민지는 숨도 쉬지 않고 물을 들이마셨다. 한 번에 페트 한 통을 모두 쏟아붓는 모양새가 꼭 며칠 동안 물을 전혀 마시지 못한 사람처럼 보였다.

그런 민지를 바라보며 정훈은 서툰 설명을 늘어놓았다.

"제가 갔을 때는 이미 바닥에 누워 있었어요. 나영이가 그냥 잠든 것 같다고 해서 119는 부르지 않았고요. 그래도 혹시 모르니까 병원엔 꼭 가 보세요."

"나영이요?"

"혹시 누군지 알아요?"

나영의 이름을 말하는 정훈의 목울대가 천천히 솟았다 내려갔다. 그의 표정을 본 민지는 고개를 가로저으며 입을 다물었다. 살면서 나영이란 이름을 처음 들어 본 건 아니었지만 그가 말하는 나영이 그녀가 아는 나영과 동일 인물일 확률은 0에 수렴했다.

동시에 그녀는 자신이 브래지어를 입고 있지 않다는 사실을 깨달았다. 처음부터 입지 않고 있었던 건지 아니면 누군가 속옷을 벗겨 낸 건지 기억이 나지 않았다.

가슴께를 더듬거리는 손짓을 본 정훈이 당황한 기색을 숨기지 못하며 손을 내저었다.

"저는 그냥 업고 올라오기만 했어요. 응급 조처를 한 건 나영이에요."

"그 나영이라는 사람, 의사예요?"

"간호사예요. 응급구조사이기도 하고."

친분이 있는 간호사는 한 명도 없었으므로 정훈이 말하는 나영은 모르는 사람이 분명했다. 다시 한번 크게 숨을 내쉰 민지가 이불 밖으로 다리를 뻗어 스트레칭을 했다. 길게 자란 발톱들이 바닥에 부딪히며 탁탁 하는 마찰음이 났다. 초록색 벽지와 나무색 장판이 익숙했다. 이곳은 탄광마을 사우나의 게스트 하우스였다.

어떻게 된 일인지 자초지종을 묻고 싶었지만 입이 떨어지지 않았다. 그 대신 서걱거리는 하얀 침구를 괜스레 손으로 쓸어내렸다.

"가구들 다 들어왔네요."

"손님 맞을 준비는 이제 어느 정도 다 끝났어요. 복도 끝에 수전이 있는데 그곳에 세탁기랑 건조기 들여놓을지만 고민 중이고요. 큰 세탁실이 건물 지하에 있거든요. 그런데 그건 저희들이 수건 세탁할 때 사용하는 거라."

말하는 이는 무심코 사용했을 '저희'라는 단어가 민지의 신경을 자극했다. 분명 1인 업장이라고 들었던 것 같은데 왜 '저희'라는 단어를 사용한 건지 궁금했다. 하지만 더 깊게 묻지 않았다. 사실 그런 궁금증보다는 샤워와 양치가 간절했다. 그럼에도 씻고 가겠다는 말은 차마 입에서 나오지 않아 현기증이 찾아왔다. 그저 빨리 이 자리에서 도망치고 싶었다.

이불을 걷어 내는 민지를 본 정훈이 다급한 몸짓으로 자리에서 일어섰다. 그는 창문이 난 방향으로 고개를 움직였다.

"지금 갈 거면 데려다줄게요. 포터 타 봤어요?"

민지의 얼굴에 희미한 미소가 떠올랐다.

"포터 좋네요. 저도 1종이에요."

"진짜요? 수동 운전 가능해요?"

"면허 딸 때는 가능했는데."

"그럼 같이 나가요. 이왕 가는 거 병원으로 데려다줄게요."

"먼저 내려갈래요?"

"왜요?"

"화장실 갔다 가고 싶어서."

"아, 미안해요."

곧이어 문이 닫히고 정훈이 계단을 내려가는 소리가 들려왔다. 다시 침대에 걸터앉은 민지가 머리를 부여잡았다. 도대체 무슨 일이 일어났던 건지, 시간은 또 얼마나 흐른 건지 아무것도 가늠이 되지 않았다. 다시 침대에 모로 누워 이불을 머리끝까지 뒤집어썼다. 숨고 싶었다. 부끄럽고 민망했다. 3천만 원에 대한 단서를 얻지 못한다 해도 설백을 일찍 떠나야 할 것 같았다. 있을지 없을지도 모를 돈 때문에 더 이상 민폐가 되고 싶지 않았다. 그건 20대 때 했던 바보짓들만으로도 이미 충분히 차고 넘쳤다.

정훈의 포터는 더블 캡이었다. 운전석과 조수석 뒤에 좌석이 한 열 더 있는 더블 캡은 민지가 면허 시험을 볼 때 몰아 보기도 했던 모델이었다. 못해도 20만 킬로는 족히 뛰었을 것 같은 낡은 트럭은 피할 길 없이 고단해 보였다.

텅 빈 적재함을 가만히 만져 보던 민지는 고개를 돌려 정훈을 찾았다. 그녀를 병원에 데려다주겠다고 말했던 그는 잠에서 깨면 보이지 않았던 엄마처럼 그녀를 주차장에 혼자 놔둔 채 어딘가로 꼭꼭 숨어 버렸다.

물론 그가 오래지 않아 모습을 드러낼 것이라는 걸 모르지 않았다. 엄마 역시 출근을 했어야만 했다는 걸 진짜 모르고 있었던 게 아니었다. 그럼에도 어린 시절 경험했던 불안과 두려움은 어른이 된 민지를 자꾸만 유치하게 만들었다. 단단해지는 법을 배우지 못한 어른은 자기 자신을 사랑하지 못했다. 자꾸만 버림받는다는 상황을 스스로 설정해 건강했던 관계를 고장 난 장난감처럼 망가뜨렸다.

고개를 숙이고 트럭에 기대어 서 있던 민지는 무언가를 결심한 듯 두 발에 체중을 온전히 실었다. 차가운 공기가 상쾌했다. 작은 돌들이 잘그락거리는 소리와 새들이 지저귀는 소리, 그리고 가끔씩 모습을 드러내는 희미한 햇살이 이곳을 걸어서 나가도 괜찮다고 속삭이는 듯했다.

부러진 나뭇가지를 손에 들고 트럭 옆에 쪼그리고 앉았다. 흙바닥 위에 글씨를 써 보는 건 초등학교 저학년 이후 처음이었다.

고마워요.
다음에 만나요. 꼭!

쓰고 나니 어딘지 모르게 절박해 보이는 느낌이 들어 느낌표를 지우다 '꼭'이라는 단어까지 지워 버렸다. 다음에 만나자는 말 역시 마음에 들지 않아 손바닥으로 쓸어내렸다. 어차피 몇 년 뒤면 기억도 나지 않을 관계라는 생각에 씁쓸한 미소가 지어졌다. 남은 연이 있다면 애쓰지 않아도 만나겠지 싶었다. 관계에 미련을 남겼던 건 기억조차 나지 않는 20대가 마지막이었다.

고마워요, 라는 단어가 외로워 보여 한참을 쳐다보다 손바닥을 털며 자리에서 일어섰다. 뒤를 한 번도 돌아보지 않고 주차장을 빠져나왔다. 자동차가 거의 다니지 않는 이 차선 도로로 들어서자 신림나들목처럼 다른 세계로 넘어가는 듯한 느낌을 주는 회전교차로가 나타났다. 서너 대의 차를 지나친 민지가 굽이진 도로를 따라 걸었다. 그녀가 택한 방향은 선인면으로 가는 왼쪽 길이 아닌 용광읍으로 향하는 오른쪽 길이었다. 구질구질해도 송 씨를 만나 3천만 원에 대해 물어보고 싶었다. 모든 일을 서둘러 끝내고 하루라도 빨리 설백을 떠나고 싶었다.

분명 열이 났던 것 같은데 아스팔트 위를 걷는 다리에서는 아무런 무게도 느껴지지 않았다. 몸이 가벼웠다. 마치 한 줌 비누 거품이 되어 버린 느낌이었다.

높은 건물이 없는 동네에는 햇빛이 들지 않는 집이 없었다. 중천에서 막 넘어간 해가 수성전파사의 유리창 위를 내리비쳤다. 오른손을 들어 얼굴에 그늘을 만든 민지가 전파사 안을 기웃거렸다. 이런 가게에도 손님이 있을지 궁금했다. 전파사에 관심을 갖는 손님은 실제로도 개미 새끼 한 마리 보이지가 않았다.

손님만 보이지 않는 게 아니었다. 주인 역시도 보이지 않았다. 주먹에 힘을 준 민지가 조심스레 출입문을 밀었다. 탄광 입구처럼 좁은 틈 사이로 퀴퀴하고 서늘한 공기가 불어 나왔다.

"계세요?"

조심스러운 목소리로 주인을 찾았다. 귀를 기울여 보았지만 아무런 소리도 들려오지 않았다.

"계세요?"

이번엔 조금 더 큰 목소리로 인기척을 냈다. 하지만 역시나 대답을 하는 사람은 아무도 없었다. 조심스레 전파사 안으로 걸어 들어간 민지가 산처럼 쌓여 있는 잡동사니들을 가만히 둘러보았다. 낡은 전자기기 사이에 놓여 있는 벽걸이 시계, 오르골 같은 골동품들이 시선을 사로잡았다. 작업대 아래 금고가 눈에 띈 건 그즈음이었다. 공짜로 준대도 가져가지 않을 물건들만 가득해 보였던 오래된 전파사에 TV에서나 봤던 다이얼식 금고가 문이 활짝 열린 채 놓여 있었다.

주위를 둘러보았다. CCTV가 보이지 않았다. 어깨를 웅크리고 금고 앞에 쭈그리고 앉은 민지가 조용히 숨을 죽였다. 어디에서 본 건 있어 옷소매로 손가락을 감쌌는데, 나쁜 짓을 할 건 아니지만 그래도 지문은 남기면 안 되지 싶었다.

3천만 원이 들어 있으면 딱이겠다, 싶은 금고였다. 떨리는 손끝으로 살짝 열린 금고 문을 붙들었다. 쿵. 기름기 가득한 정수리에 무엇인가 닿은 건 그 무렵이었다. 양발이 모두 저려 잠시 자세를 바꾸는데, 우당탕 소리가 나며 작업대 위 물건들이 쏟아져 내렸다. 다시 보니 작업대 자체가 기울어져 있었다.

통증을 느낄 여유 따위는 없었다. 민지는 서둘러 떨어진 물건들을 확인했다. 대부분은 나사와 클립, 볼펜 같은 것들이었는데 개중에는 폴더형 휴대폰과 스테이플러같이 무게가 나가는 물건들도 있었다. 천만다행으로 깨진 물건은 보이지 않았다. 휴대폰을 떨어뜨려 주우려 했다고 해야 하나, 아니면 바퀴벌레를 봐서 죽이려 했다고 해야 하나, 같은 변명들이 두서없이 머릿속에 떠올랐다. 떨리는 손으로 작업대를 바로 세우고 바닥에 떨어진 물건들을 올려놓는데, 마음속 한구석에 느낌조차 낯선 죄책감이 몰려왔다. 남의 금고를 뒤지려 해 벌을 받은 건가 싶었다. 하지만 나쁜 일을 할 생각은 추호도 없었기에, 만약 이게 천벌이라면 지금 벌어진 상황이 억울하지 싶었다. 역시 신은 없는 게 분명했다.

물건들이 원래 있던 자리를 모르니 방금 전 벌어진 일을 없던 일로 만들 수는 없었다. 적당한 핑계를 만들어 쪽지를 붙여 놓고도 싶었지만 메모지로 쓸 만한 빈 종이가 보이지 않았다. 설백에만 오면 항상 되는 일이 없었다.

가게에 들어왔을 때의 이미지를 떠올리며 작업대 위를 정리한 민지가 서둘러 전파사를 빠져나왔다. 다행히 지나가는 사람은 보이지 않았다. 문을 여는 타이밍에 자동차 한 대가 지나가긴 했지만 이미 지나가는 중이었으니 블랙박스에는 아무것도 찍히지 않았을 확률이 높았다. 저 멀리 설백고 방향으로 걸어가고 있는 학생의 뒷모습을 쳐다보았다. 시간이 지날수록 멀어지고 있었으니, 아무것도 못 보았겠지 싶었다.

목이 말랐지만 편의점에 들어가지 않았다. 빈 택시를 발견했지만 손을 들지도 않았다. 금고는, 아마도, 맞는다면,

기억이, 찰나였지만, 텅 비어 있었다. 당연하게도 3천만 원은 전파사 금고에 들어 있지 않았다. 작업대 위를 정리하던 손이 맨손이었는지 아니었는지 정확히 기억이 나지 않았다. 모든 것이 엉망이었다.

문제는 어쩌면 처음부터 고양이였을지도 몰랐다. 이제 절반 정도 걸어왔나 싶은 지점부터 쉬지 않고 재채기가 터져 나왔다. 서너 번 연달아 기침을 할 때는 감기에 걸렸나 보다 여겼지만 열댓 번 코를 풀고 눈물을 닦아 내니 감기가 아닐 수도 있겠다는 생각이 번뜩 들었다. 도끼눈을 치켜뜬 민지가 주위를 두리번거렸다. 무인도에도 고양이가 사는 나라였다. 도로라고 고양이를 만나지 말라는 법은 어디에도 없었다.

그러다 도로 가장자리에 웅그리고 앉아 있는 하얀색 고양이 한 마리를 발견했다. 그 흔한 점박이 무늬 하나 없는 새하얀 고양이였다. 무슨 생각을 하면서 걸었기에 고양이도 못 보고 지나쳤을까 하는 자책이 몰려왔다. 고양이를 스치지 않고 길 건너편으로 걸어갔다면 이 정도까지 재채기가 나오진 않았을 것이었다. 또다시 눈물을 닦고 콧물을 훌쩍이며 패딩에 달린 모자를 덮어 썼다. 종아리가 아플 정도로 발에 힘을 주며 걸었다. 고양이에게서 멀어지면 증상은 완화되었다. 어떻게든 고양이 사정권에서 벗어나야 했다.

그런데 이상한 일이었다. 아무리 걸어도 콧물이 멈추지 않았다. 등 뒤에서 불어오는 바람이 원흉일까 싶어 모자를 더 깊게 눌러썼지만 무용지물이었다. 입으로 숨을 쉬자 폐질환에 걸린 듯 거친 기침이 멈추지 않았다. 무슨 고양이가 털을 이렇게까지 뿜어내는지 도저히 이해가 가지 않았다. 평소에도 고양이라면 질색이었지만 오늘은 고양이가 더 원망스러웠다.

결국 민지는 자리에 멈춰서 뒤를 돌아보았다. 그런데 고양이가 보였다. 흰 고양이였다. 한껏 털을 부풀린 하얀색 고양이는 아까만큼의 거리에서 여전히 민지를 바라보며 앉아 있었다. 무언가 잘못되었다는 사실을 깨달은 건 그 순간이었다. 그렇게 한참을 걸었는데 고양이가 조금도 멀어지지 않았다.

말이 되지 않았다. 정확한 거리는 알 수 없어도 꽤 오랜 시간을 걸었으니 고양이는 시야에서 사라져야 옳았다. 설령 눈에 보인다 해도 아주 먼 곳에 점처럼 남아 보일 듯 말 듯 희미해야 했다. 그런데 수 분 전과 비슷한 거리에, 고작 열 걸음 정도밖에 떨어지지 않은 위치에 고양이는 몸을 동그랗게 말고 앉아 있었다. 몰래 뒤를 따르다 화들짝 놀라며 멈춰 선 것도 아니고, 몸을 부풀리며 공격 자세를 취하는 것도 아니었다. 그저 해가 좋은 날 그루밍을 하다 졸고 있구나 싶은 자세로 민지를 보며 앉아 있었다. 이해가 가지 않는 상황에 목 뒤에 소름이 돋아났다. 어딘가 단단히 잘못된 게 분명했다. 어쩌면 그녀는 아직도 정훈의 사우나에서 꿈을 꾸고 있는 것인지도 몰랐다. 공간 감각이 엉망이 되어 버렸다. 이 모든 게 고양이 때문이었다.

그럼에도 부인할 수 없는 건 지금 이 순간에도 눈물과 콧물이 샘솟고 있다는 사실이었다. 주위를 두리번거리던 민지가 두 팔을 위로 치켜들고 위협적인 동작을 취했다. 도망칠 수 없다면 쫓아 버려야 했다. 무슨 일이 있어도 고양이와 함께 집까지 걸어갈 수는 없었다.

하지만 고양이는 움직이지 않았다. 놀란 듯 잠시 몸을 움찔거리기는 했지만 자리를 떠나서는 안 된다고 코딩이 된 게임 속 NPC처럼 그저 같은 자리에 앉아 민지를 바라보기만 했다. 환장할 노릇이었다. 펑펑 울고 싶었다. 흐르는 콧물을 손등으로 닦으며 계속 위협을 가해 보는데 먼지 같은 눈발이 기름진 속눈썹 위에 하나둘 내려앉았다. 호랑

이가 장가라도 가는 날인지 반대편 차선엔 해가 내리쬐고 있는데, 민지가 서 있는 자리엔 재 같은 눈발이 부서진 스티로폼처럼 날아다녔다. 지저분하게 흩날리는 눈발이 꼭 화장 유골 같다는 생각이 든 건 그즈음이었다. 엄마의 유골을 지켜보던 고양이를 떠올리자 무릎에 힘이 풀리며 오금이 저려 왔다. 입술이 마르고 아랫배가 간질거렸다. 슬금슬금 뒷걸음질로 고양이에게서 멀어지던 민지는 결국 선인아파트 방향을 향해 젖 먹던 힘까지 쥐어짜 내달리기 시작했다. 턱끝까지 숨이 차올랐다. 숨이 쉬어지지 않는데도 멈추지 않고 달려갔다. 이렇게 울면서 달리는 건 엄마가 다방 레지였다는 사실을 알았던 그날 이후 처음이었다.

선인아파트 정문 옆에는 커다란 느티나무 한 그루가 있었다. 담장 안쪽으로는 작은 팔각정도 하나 있었는데, 광부 현모 씨가 평상 하나를 가져다 놓은 것을 이후 아파트 차원에서 증축해 현재의 정자가 되었다, 라는 비석이 느티나무와 정자 사이에 세워져 있었다. 위인의 생가도 국가의 유적도 아닌 일개 탄광촌 아파트에 왜 비석이 필요한가 하는 의문이 들었지만 물어볼 사람이 없었다. 그렇다고 해서 모르는 사람들에게까지 질문을 던지고 싶지는 않았다. 그저 이방인으로 스쳐 지나가는 것, 그것이 엄마의 이웃이었을지도 모를 사람들에 대한 민지의 솔직한 입장이었다.

숨이 멎겠다 싶을 때까지 달리기를 멈추지 않았다. 목구멍에서 비릿한 철 맛이 느껴질 즈음, 나무 현판이 붙어 있는 아파트 정문이 점점 가까워졌다. 선인 1차. 경비 초소는 오늘도, 역시나, 비어 있었다. 들숨에 쇳소리, 날숨에 바람 소리를 내며 민지가 아파트 정문을 통과했다. 옷소매로 눈가를 꾹꾹 누르니 다행히 눈물이 더 차오르지는 않았다. 코와 입을 모두 사용해 호흡을 하는 데만 집중했다. 곧 머리가 징 하고 울리는 느낌이 들며 눈앞이 흐릿해졌다.

적막을 깨뜨리는 웃음소리가 들려온 건 잠시 자리에 멈추어 숨을 고를 때였다. 호탕한 웃음소리가 들려왔다. 귀가 찢어질 듯한 박수 소리도 함께였다.

소리의 진원지를 찾아 고개를 돌렸다. 느티나무 옆 팔각정에 할머니 열댓 명이 옹기종기 모여 있는 모습이 보였다. 저토록 많은 사람들이 들어갈 수 있는 정자였나, 하는 생각을 하고 있는데 할머니들 사이에 앉아 있는 젊은 여자한 명이 보였다. 두툼한 후드에 귀여운 목도리를 두른 여자는 언젠가 한 번, 어쩌면 두 번 마주쳤을지도 모를 카페의 '그녀'였다.

민지와 눈이 마주친 여자가 자리에서 벌떡 일어났다. 그녀는 민지에게 큰 소리로 인사를 건넸다.

"안녕하세요!"

그리고 할머니 군단 열댓 명이 일제히 민지를 돌아보았다. 모른 척 정자 옆을 지나가려던 민지는 입을 쭈뼛거리며 걸음을 멈추어 섰다. 생각해 보니 여자를 알아보았다. 분명 얼굴을 보지 못했다고 생각했는데, 어떻게 그녀를 알아본 건지 설명할 길이 없었다. 지금이라도 못 들은 척 지나가 버릴까 하는 속마음을 읽어 내기라도 한 건지 여자는 다시 한번 큰 소리로 민지를 불러 세웠다.

"저기요, 잠시만요!"

애써 미소를 지으며 민지는 여자를 돌아보았다. 사회생활용 목소리를 꺼내 드는 건 생각했던 것보다 더 귀찮고 에너지가 많이 소모되는 일이었다.

"저 아세요?"

"기억 안 나세요? 그때 정훈이 카페에서 뵀었는데."

"아."

상대의 얼굴을 찬찬히 뜯어보는 일은 적성에 맞지 않았다. 하지만 꽤 성숙해 보인다고 생각했던 여자가 오늘은 대학이나 졸업했을까 싶을 정도로 어려 보였다. 무례하게 느껴질 정도로 시선을 거둘 수가 없었다. 여자는 민지의 안색부터 살폈다.

"괜찮으세요?"

"네?"

"어제 카페에서 쓰러지셨잖아요."

"아, 그 간호사."

"119 부르려고 했는데 병원 안 간다고 한사코 거부하셔서 어쩔 수가 없었어요. 그래서 2층에 모셔다 드리고 왔는데. 기억 안 나세요?"

전혀 기억이 나지 않았다. 병원에 가지 않겠다고 한사코 우겼다는 말은 물론이고 앞에 서 있는 여자와 말을 섞었다는 설명 자체가 거짓말 같았다.

나영은 민지가 기절한 게 아니라 잠들었던 것뿐이라며 상대를 안심시켰다.

"카페에 들어갔더니 바닥에 앉아 계시더라고요. 호흡이 불편해 보여 브래지어는 벗겨 드렸어요. 침대 이불 안쪽에 넣어 두었는데, 못 보셨어요?"

몰랐던 사실이었다. 정훈에겐 속옷을 어디 뒀느냐 말을 꺼내기 민망해 아무것도 묻지 못했다. 이부자리를 정리하며 브래지어를 발견했을 정훈의 모습이 떠올라 얼굴이 후끈 달아올랐다. 심지어 설백에 가지고 온 속옷들은 모두 늘어지고 이염되어 몇 달 살기를 마친 후 버리려 했던 것들이었다. 건강을 살펴 준 이에게 왜 부탁하지도 않은 일들을 했냐고 화를 내고 싶었다. 물론 실제로는 아무 말도 꺼내지 못했다.

나영은 계속해서 민지를 살폈다.

"아직도 몸이 안 좋아 보이세요. 괜찮은 거 같아도 아닐 수 있으니까 시간 나실 때 꼭 병원 한번 가 보세요."

"그런데요."

"네."

"제가 진짜 말을 했다고요?"

고개를 돌려 할머니 군단을 흘긋 바라본 나영이 손바닥을 부비며 어깨를 들썩였다. 그녀는 목소리를 낮추며 속닥거렸다.

"저희 잠깐 걸을까요? 싫으면 거절하셔도 돼요."

그저 희미한 끄덕임일 뿐이었는데 나영은 바지 주머니에 양손을 넣고 정자를 향해 발랄하게 뛰어갔다. 무어라 열심히 손짓하자 금세 할머니 군단의 열렬한 호응을 이끌어 냈다. 아쉬움 반, 사랑스러움 반이 담긴 표정으로 나영을 바라보던 할머니들은 소란스럽게 손사래를 치며 나영의 등을 떠밀었다. 넉살도 자산이었다. 민지는 퇴근 후 집에 들어가 침대 위에만 누워 있던 과거의 자신을 떠올렸다. 나영의 성격이 재능인지 노력인지 궁금했다. 재능이라면 못내 억울할 것 같았고, 노력이라면 끝내 좌절할 것 같았다.

나영은 후드 앞주머니에 넣어 두었던 핫 팩 하나를 꺼내 민지에게 내밀었다.

"여기요."

"괜찮아요."

"그때 보니까 손발이 많이 차가우시던데. 그것 때문에 비에 젖은 건지 식은땀을 흘리는 건지 살짝 헷갈렸어요."

걱정해 주어 고맙다는 대답을 하려고 하는데 아찔할 정도로 눈이 부셨다. 어느덧 눈발이 그친 하늘에선 쨍한 햇살이 내리비추고 있었다. 민지는 나영과 보폭을 맞추어 둑방 길을 걸었다. 용광읍으로 향하는 하천가엔 벌써 눈이 소복하게 쌓여 있었다.

"혹시 건강검진은 받아 보셨어요? 다른 지병이 있는 건 아니시죠? 아, 죄송해요. 이거 오지랖인데."

"아니에요. 제가 감사 인사를 드려야죠. 정말 감사했어요. 여기 떠나기 전에 이 은혜는 꼭 갚을게요.”

“떠나신다고요? 설백에는 여행 오신 거예요?”

“한 달 살기 하러 왔어요. 두 달 살기가 될 수도 있지만.”

설백에 있는 동안 근처 사우나들을 돌아보려 한다는 말을 덧붙이려다 민지는 가만히 입을 다물었다. 나영은 후드 주머니에 양손을 집어넣고 하늘을 향해 고개를 들었다.

“더 오래 머무르실 거라고 생각했거든요. 적어도 한 달이나 두 달보다는.”

왜 그렇게 생각했는지 이유가 궁금했지만 묻지 않았다. 걸음을 멈추어 선 민지는 다시 한번 민망할 정도로 나영의 얼굴을 빤히 바라보았다. 샛노란 햇살을 머금은 그녀는 아파트 청소를 해 준 여고생 서연과 어딘가 이미지가 비슷해 보였다.

이어지는 침묵을 깬 사람은 민지였다.

“저 누군지 알아요?”

“그렇게 물어보시면 당연히 모르죠. 그런데 정훈이한테 전해 들었거든요. 사우나에서 일하고 싶어 하신다고.”

비밀 얘기는 아니었지만 그렇다고 남들에게 떠벌릴 이야기도 아니었다. 은밀한 치부를 들킨 것 같은 기분이 들자 술을 마신 것처럼 귓불과 목덜미가 화끈거렸다. 민지는 나영에게 당황하지 않은 척 되물었다.

"그런데요?"

"지금 정훈이 지금 사정이 좋은 편이 아니라서요. 그래서 선뜻 대답을 하지 못한 걸 거예요. 사실은 같이 일하고 싶어 하는 것 같은데."

민지는 얕고 빠르게 숨을 쉬었다. 잠시 말을 멈추었던 나영은 다시 느린 걸음을 걸으며 이야기를 이어 나갔다.

"카페도 있고 게스트 하우스도 있는데 굳이 목욕탕을 고르신 이유를 물어봐도 될까요?"

"그건……."

그리고 이 지점에서 민지의 말문이 막혀 버렸다. 사우나 바닥에 3천만 원이 묻혀 있을지도 몰라 목욕탕 청소 아르바이트를 하려고 했다는 말은 어디로 보나 꺼내기 어려운 답변이었다. 바닥을 뜯어내지도 못할 거면서 타일 아래 쇳덩이가 진짜 놓여 있는지, 놓여 있다면 그 쇳덩이가 금고가 맞는지 확인해 보려 했다는 설명은 더욱더 덧붙이기 어려운 사족이었다. 이 모든 게 죽은 엄마의 일기장에 적혀 있는 문장 하나에서 비롯되었다는 고백과 몰래 들어간 여탕에서 사람처럼 말을 하는 비누 거품들을 보았다는 설명은 평생 아무에게도 말하지 못할 비밀이 분명했다. 어떤 말도 꺼낼 수가 없었다. 사실대로 말하자니 망상장애를 가진 사람처럼 보일 것 같았고, 그렇다고 대충 둘러대자니 왜 하필 목욕탕 청소 아르바이트였는지에 대한 적당한 이유가 떠오르지 않았다. 마케터라는 사람이 스스로에 대한 마케팅은 이렇게나 형편없었다. 계속되는 침묵에 나영의 표정이 진지하게 바뀌었다.

"혹시 정훈이한테 관심 있으세요?"

"네?"

화들짝 놀라며 바라본 나영의 얼굴엔 이전까지 볼 수 없었던 장난기가 가득했다. 어깨에 들어갔던 힘이 빠지며 서서히 긴장이 풀렸다. 분명 서연과 이미지가 비슷하다고 생각했는데, 다시 보니 그녀는 정훈과 결이 비슷해 보였다.

길고 얇은 나영의 손가락이 민지의 팔뚝을 감싸 잡았다.

"농담이에요."

"네?"

"농담이라고요."

좀처럼 웃지 못하는 민지에게 나영은 오랜 친구에게 하듯 팔짱을 끼우고 몸을 붙였다.

"죄송해요. 분위기 좀 풀어 보려고 아무 말이나 던져 봤어요. 정훈이는 제가 잘 설득해 볼게요. 걔 아주 멍청한 애인데, 사람은 정말 괜찮으니까. 우리 정훈이 잘 좀 도와주세요. 홍보는 제가 선인 할머니들한테 먼저 해 볼게요. 병원 손님들한테도 소문내 보고요."

"저기요."

"에이, 너무 그렇게 화내지 마세요. 저한테 은혜 갚으신다면서요. 그리고 이런 시골 하천에 걸어 다닐 때는 겨울에도 편백수 같은 거 하나 사서 뿌리고 다니셔야 해요. 한강이랑 다르게 날벌레들이 얼마나 많은데요."

빛을 머금은 이의 잔상은 머리가 아닌 마음에 남았다. 그리고 그 잔상은 현실과 비현실의 경계를 모호하게 만들었다. 나뭇가지가 바람에 흔들리는 소리, 개울에 물이 흐르는 소리, 새들이 지저귀는 소리와 먼 도로에서 차가 지나가는 소리 등이 엉망으로 뒤섞여 단단하다고 믿었던 세상을 조각조각 흩뜨려 놓았다. 다시 어린 시절로 돌아간 것 같았다. 누군가 비누 거품이 말을 한다고 속삭여도 지금이라면 아무런 의심 없이 믿어 줄 수 있을 것만 같았다.

다시 콧물이 흐르기 시작했다. 민지는 뒤를 돌아보지 않았다.

탄광마을
사우나

탄광마을
사우나

8

소멸해 가는 너의 무릎을 베고 누워

"에취!"

"괜찮아요? 감기 걸린 거 아니에요?"

"알레르기요. 신경 쓰지 마세요."

마스크를 쓴 민지가 다시 한번 재채기를 했다. 몸이 으슬으슬한 것으로 봐선 이번에는 감기일 확률도 있었지만 첫날부터 결근을 하는 민폐를 끼치고 싶지는 않았다. 이 정도의 눈물과 콧물, 가려움은 아주 어렸던 시절부터 숱하게 겪어 왔던 숙명이었다. 웬만한 동물들은 모두 가두어 키우면서 왜 고양이에게만큼은 이토록이나 관대한지 이 나라의 동물 정책을 이해할 수가 없었다. 대한민국의 고양이 관련 시스템은 국민연금, 부동산, 인구정책만큼이나 뿌리에서부터 잘못되어 땜질을 할수록 이상해지는 국가적 난제가 분명했다.

사달이 난 건 나영과 대화를 나누었던 그 밤부터였다. 도로에서부터 뒤를 쫓아왔던 하얀 고양이가 결국 거실 밖에 자리를 잡았다. 커튼이 없는 집이었다. 서연이 멋대로 처분한 것일 수도 있고, 애초부터 세대 간섭이 없는 집이라 커튼을 달지 않았을 수도 있지만 한 가지만큼은 분명했다. 지금 이 시간, 베란다 창 너머에 고양이가 앉아 있다는 것. 그것만큼은 그녀가 지금 설백에 내려와 있다는 것만큼이나 부정할 수 없는 사실이었다. 초록을 잃어 가던 거실 밖 풍경에 난데없이 고양이 한 마리가 등장했다. 설백과 평온한 작별을 준비하던 민지의 늦가을 풍경에 하얀 고양이 한 마리가 불청객처럼 문을 두드렸다.

담력이 좋은 고양이였다. 민지는 콧물이 흐를 때마다 거실 한가운데 서서 이가 나간 국자를 휘두르거나 낡은 청소기를 위협적으로 들이밀었다. 하지만 고양이는 민지가 보이지 않는 것처럼 텃밭 위에 누워 그루밍을 이어 나갔다. 염치를 모르는 하얀 침입자가 집 안으로 들어올까 외창에 난 반려동물 출입구를 막아 두었지만 눈물과 콧물이 멈추지 않았다. 저 고양이가 서연이 말했던 '마릴린'이 아닐까 하는 생각이 든 건 이틀이란 시간이 지난 뒤였다. 그래도 밥을 챙겨 주는 사람은 있는지 다행히 배가 고파 보이지는 않았다.

정훈은 여탕 입구 뒤 창고로 민지를 데려갔다. 과거 카운터가 있었겠다 싶은 장소 뒤엔 사용 흔적이 가득한 청소 도구들이 가지런하게 정리되어 있었다.

"이건 밀대형 청소 솔인데, 이거랑 대걸레 중 편한 걸로 청소하시면 돼요. 제일 먼저 탕에 물 빼 주시고, 눈에 보이는 쓰레기들 치우시고요. 물하고 퐁퐁, 락스를 같은 비율로 섞어 사용하시면 얼추 맞아요. 사실 락스는 많이 안 넣어도 되는데, 어르신들은 락스 냄새가 나야 청소를 했다고 생각하시거든요. 그리고 제일 중요한 건 거울이랑 수전, 배수구 등 눈에 보이는 곳들을 깨끗하게 청소하는 거. 이곳들은 물때 없이 반짝반짝하지 않으면 안 돼요. 비누는 작은 일회용으로 준비했으니 한 번 사용한 것들은 그때그때 버려 주시고요. 샴푸랑 트리트먼트, 보디 워시는 떨어지면 여기 있는 것들로 채워 주시고. 아, 저기 로션도."

기약이 없어 보였던, 어쩌면 철거되는 그날까지 '내부

수리 중'으로 남아 있을 것 같았던 여탕이 오픈을 준비하고 있었다. 사우나의 첫 손님은 나영이 초대한 할머니들이었다. 이 지역에서 평생을 살아왔을 할머니들이 목욕 바구니 하나씩을 들고 사우나를 찾아오는 장면이 짤막한 애니메이션처럼 눈앞에 그려졌다. 떠나는 사람들은 많아도 돌아오는 사람은 없는 동네였다. 작은 마을에서 목욕탕이란 어떤 의미일까를 생각했다. 서로의 어제를 공유하고 오늘을 위로하는 그곳은 허가받지 않은 복지관이자 상담센터였다.

오늘날의 목욕탕은 대형 찜질방과 동의어가 되었다 보아도 무방했지만, 기억 속 목욕탕은 동네 주민들이 모여 수다를 떨던 은밀한 사랑방이었다. 탈의실 사물함 위에 일렬로 늘어서 있던 목욕 바구니들이 그 증거였다. 이용객들은 개인 용품들이 담긴 목욕 바구니를 아무런 보안장치 없이 탈의실 사물함 위에 놓고 다녔다.

여탕은 더 그랬다. 그 시절 그녀들은 목욕이 끝나도 곧장 집으로 돌아가지 않았다. 구석진 자리에 수건을 깔고 누워 함께 팩을 하고, 녹색 담요를 챙겨와 고스톱을 치기도 했다. 출입구 근처에는 직접 쑤어 온 묵을 은색 대야에 담아 파는 새댁도 있었는데, 어른들은 얼굴이 붉었던 그녀를 향해 맛 타박도 하고 가격 흥정도 하면서 주머니 안에 넣어 두었던 쌈짓돈을 건넸다. 화려한 염색에 붉은 브래지어를 차고 때를 미는 세신사와도 살갑게 지냈다. 동네에 바람난 남편이 생기면 누구 하나 빠지지 않고 몰려들어 함께 욕을 했고, 누구 자식이 어떻고 또 누구의 자식은 저떻고 하는 말들을 조심성 없이 탕 안에서 쑥덕거렸다. 이 모든 일들은 거의 매일같이 발생했는데, 그 때문인지 목욕탕을 찾는 고객들은 월 목욕을 끊고 목욕탕을 방문했다. 월 주차도 아니고 월 목욕이었다. 누군가들에게 목욕탕은 삶을 지탱해 주는 공간이었다.

하지만 시간이 흐르며 목욕탕들은 하나둘 자취를 감추어 갔다. 지방의 경우 서울보다 소멸의 속도가 훨씬 더 빨랐다. 가장 큰 문제는 절대 인구 규모의 감소였지만, 두 번째 문제는 젊은 고객들이 더 이상 목욕탕을 찾지 않는다는 데 있었다. 한 달에 들어가는 수도 요금, 전기 요금만 천 단위가 훌쩍 넘어갔다. 버텨 낼 도리가 없었다. 장사를 더 할 수 없을 정도로 나이가 든 사장들은 정해진 수순처럼 목욕탕의 문을 닫았다. 권리금을 없애도 인수할 사람이 아무도 없는 사양 업종의 업장을 차마 자식들에게 넘길 수는 없었다.

민지는 콧물을 훌쩍거리며 고개를 끄덕였다. 정훈은 사물함을 열고 업소용 청소기를 꺼내 왔다.

"그런데 목욕탕 청소는 해 본 적 없죠?"

"왜 없어요? 평생을 해 왔는데."

"네?"

"우리 집 목욕탕이요."

당황한 표정의 정훈을 향해 민지가 웃음을 터뜨렸다. 광대가 올라가자 다시 콧물이 흘러내렸다. 뒤를 돌아 마스크를 벗고 코를 푸는 민지를 향해 정훈이 걱정스러운 목소리로 물었다.

"휴지를 항상 갖고 다녀요?"

"알레르기 약도 갖고 다니죠. 코를 풀면 화장이 지워지니까 마스크도 갖고 다니고."

"고양이 털 알레르기, 그거 진짜 힘든 거네요. 고양이 없는 동네는 거의 없잖아요."

"그래도 서울에 있는 고층 오피스텔에 살면 만날 일이 거의 없어요. 고양이를 키워도 실내에서만 기르고, 개들이랑 달라서 산책도 안 시키고."

정훈은 손에 들고 있던 청소기를 내려놓았다.

"그러니까 집 앞에 고양이가 찾아왔다고요?"

“안 믿기죠. 왜요, 신경 쓰여요?”

“힘들까 봐 그러죠. 사실 목욕탕 청소는 내가 해도 되니까.”

여탕 내부 비품 창고 안에서는 남탕이라고 적힌 카페의 출입구가 보이지 않았다. 민지는 고개를 밖으로 뻗는 시늉을 하며 정훈을 나무랐다.

“무슨 소리예요. 가서 손님 받으셔야죠. 카페하고 게스트하우스 둘 다 잘 해 보기로 한 거 아니었어요? 아직 게스트하우스는 오픈 안 했나?”

“하긴 했죠. 손님 몇 분이 다녀가시긴 했으니.”

“아, 맞다. 개업식은요?”

“안 할 거 같아요. 그래도 북적북적하려면 지인들을 초대해야 할 텐데, 미안하잖아요. 다들 각자 먹고살기 바쁠 텐데 이런 일에 시간 뺏는 거.”

민지의 미간에 힘이 들어가며 주름이 잡혔다. 그녀는 단호한 표정을 지으며 정훈의 어깨를 붙잡았다.

“아무도 그런 생각 안 할걸요? 친구든 아니든 상관없이요. 따박따박 나오는 월급 포기하고 자기 사업한다는 게 얼마나 대단한 결심인데요. 다들 응원하러 와 줄 거예요.”

“그건 사업자등록증을 받아 본 사람들만 아는 세계인 거고요. 혹시 사업해 보셨어요?”

“아니요. 그래도 저는 프리랜서라 매달 같은 날짜에 월급이 들어오지 않는 고충을 조금은 알아요. 물론 대출까지 받아 사업하시는 분들한테는 댈 게 아니겠지만.”

상대가 하는 말을 들으며 벽에 몸을 기댄 정훈이 민지를 가만히 바라보았다. 언제 그녀와 이렇게 가까워진 걸까 궁금했다. 온전한 타인이 개인의 삶에 들어오는 건 살갗에 떨어진 눈송이가 피부에 스며드는 과정과 비슷했다. 대부분은 증발되거나 흘러내렸지만 몇몇은 거절할 틈도 없이 흡수되었다. 자꾸 봐서 그런가 싶었다. 그저 스쳐 지나갈 눈송이라 생각했는데 자꾸만 피부에 녹아들었다.

민지가 다시 코를 훌쩍였다. 그녀는 탈의실이었던 응접실 한가운데로 자리를 옮겨 사우나 입구 중문을 향해 요란스레 손짓을 했다.

“어서 가세요. 제가 첫 손님 맞기 전에 깨끗하게 청소해 놓을게요. 그동안 카페에 손님이라도 와 계시면 어떡하려고요.”

“아직도 이 동네를 몰라요? 엔진 소리 안 들리면 아무도 안 온 거예요.”

“에이, 자꾸 그런다. 시급 만오천 원이 아깝지 않게 만들어 줄게요. 개업식은 나중에 우리끼리라도 해요. 그래도 명색이 첫 손님인데.”

아르바이트생의 등쌀에 못 이긴 정훈은 결국 느린 걸음으로 중문을 나섰다. 못 말리겠다는 표정이 꼭 어린 조카를 대하는 삼촌 같아 보였다.

그리고 문이 닫혔다. 비품 창고로 돌아가 청소 도구들을 집어 들던 민지가 가만히 동작을 멈추었다. 생각을 정리할 시간이 필요했다. 팔자주름이 옅게 패었던 얼굴에서 서서히 웃음기가 사라졌다.

사우나 의자에 걸터앉은 민지는 고개를 흔들며 너털웃음을 터뜨렸다. 혹시나 했지만 역시나 기대했던 일은 발생하지 않았다. 매끈한 나무 마감이 된 핀란드식 사우나 내부는 함부로 표면을 뜯어볼 수 있는 구조가 아니었다. 스토브가 놓여 있는 자리 역시 마찬가지였다. 화산석이 담겨 있는 전기스토브는 촘촘하게 세워진 나무 울타리 안에 안전하게 세워져 있었다. 쇳덩이가 아닌 나무 바닥이었다. 금고의 흔적은 어디에서도 찾아볼 수가 없었다.

비누 거품 역시 보이지 않았다. 샤워실에선 더 이상 비누 거품들의 흔적을 찾아볼 수 없었다. 종이에 포장되어 있던 일회용 비누들의 포장을 벗겨 비눗갑 위에 올려놓아도 봤지만 달라지는 건 아무것도 없었다. 비누 거품은 반짝거리지도 말을 하지도 않았다. 모든 게 환영이고 허상이었다. 어쩌면 꿈을 꾸었던 걸까 싶은 생각이 들자 맨정신으로는 견디기 힘든 자기혐오가 찾아왔다. 트루먼 쇼가 진행 중인 걸 아는 트루먼처럼 불안해졌다. 까무룩 정신을 잃고 잠에 취했던 적이 한 번이 아니었으면 어떡하나 싶었다. 역시나 설백에서는 언제나 모든 게 엉망이었다.

새롭게 오픈한 '탄광마을 사우나'는 널찍하고 깔끔한 응접실과 네 종류의 탕, 핀란드식 사우나를 한 타임에 한 팀만 사용할 수 있는 프라이빗 목욕탕이었다. 사물함을 뺀자리엔 행거를 설치했고, 나무 평상이 빠진 공간엔 푹신한소파와 티 테이블을 대신 놓았다. 그래도 화장대 앞 커다란 거울만큼은 예전 그대로였는데, '탄광마을 사우나 '87'이라고 적힌 파란색 글씨는 무수한 세월을 지나고도 보란듯이 선명했다.

탄광마을 사우나의 여탕은 여느 목욕탕들보다 구조가조금 독특했다. 응접실에서 드나들 수 있는 문만 무려 다섯 개였다. 민지는 응접실 한가운데 서서 눈에 보이는 문들을 차례차례 둘러보았다. 건물 현관으로 향하는 중문,

불투명 목욕탕으로 들어가는 유리문, 창고 팻말이 붙어 있는 비품실 문, 동그란 손잡이가 달려 있는 화장실 출입문, 그리고 손잡이가 보이지 않는 비밀의 문. 얼핏 봐서는 찾기 힘든 비밀의 문은 사실 크게 회전하는 벽체였는데, 과거 목욕탕과 탈의실 사이 취식 공간이었던 장소를 가벽을 세워 막아 둔 것이었다. 그건 건물 뒤쪽에 있는 쪽문과 창문 때문이었는데, 목욕탕, 그것도 하필이면 여탕에 왜 외부에서 출입할 수 있는 문이 있는 건지는 도저히 이해할 수가 없었다. 이 질문에 유일하게 답을 할 수 있을 정훈의 삼촌은 이 세상 사람이 아니었다. 정훈은 외벽 앞에 가벽을 덧대려다 곰팡이와 결로를 우려해 회전이 가능한 벽면을 만들었다고 설명했다. 비밀의 벽은 한쪽 구석 움푹 팬 곳을 손으로 밀면 서서히 돌아가기 시작했는데, 안쪽에서는 문을 열 수 있는 방법이 전혀 없었다.

첫 손님이 다녀간 사우나는 후끈후끈한 습기를 담고 있었다. 비품실에서 청소 도구들을 챙겨 온 민지는 소파에 앉아 고무장갑을 끼고 장화를 신었다.

창문을 열었다. 천장 쪽에 일렬로 길게 나 있는 창문들은 사다리를 이용하지 않으면 손이 닿지 않았다. 무릎 높이의 간이 사다리를 사용해 창문들을 모두 열고 나면 눈에 보이는 큰 쓰레기들을 쓰레기봉투에 담았다. 테이블과 선반 여기저기 널브러진 페트병들을 치우고 소독약을 뿌렸다. 분리수거 역시 청소 알바의 몫이었다. 쓰레기에 음식물만 들어 있지 않아도 청소에 들어가는 품이 크게 줄어들 것 같았다.

휴지통엔 계란 껍데기와 빨대가 꽂힌 두유 팩들이 수북하게 쌓여 있었다. 정수기 근처에는 2리터 생수 페트병들도 여럿 보였다. 바닥에 가라앉아 있는 밥풀들은 페트의 정체를 소리 없이 대변했다. 부활한 목욕탕에 손님들이 찾아왔다. 구운 계란과 식혜를 싸 들고 화성을 침공한 외계인처럼 탄광마을 사우나를 접수했다.

휴지통을 깨끗하게 비워 낸 민지가 락스가 든 플라스틱 양동이를 손에 들고 목욕탕의 문을 밀었다. 그리고 비누 거품들을 마주쳤다. 맙소사, 비누 거품이었다.

그래, 비누 거품이었다. 반짝거리는 거품들은 밝은 빛을 내뿜으며 공중에 떠다니고 있었다. 목욕탕이 꽉 차 보일 정도로 양도 풍성했다. 중력의 영향을 받지 않는 것처럼 보이는 그들은 명확한 물리적 실체를 갖고 목욕탕 내부를 날아다니거나 느린 속도로 바닥을 굴러다녔다.

- 오랜만에 뜨신 물에 때 불리니 참 좋네. 아니 이게 얼마만이야.

- 어떻게 노인네들이 올 줄 알고 바닥도 덜 미끄러운 걸로 바꾸고.

- 옛날엔 물때가 껴서 미끄러웠던 거 아니야? 보니까 타일들이 새것 같은데.

- 식혜 마실 사람 손 좀 들어 보게.

- 사우나로 한 잔! 잠깐, 잠깐. 나 아직 안 죽었어. 제천댁 패 다시 섞어.

목소리였다. 지난번 여탕에 몰래 잠입했던 날처럼 목소리들이 들려오기 시작했다. 목소리들은 지금 사우나를 이용하고 있는 중인 것처럼 자유자재로 목욕탕을 돌아다니고 있었다.

민지는 호흡이 가빠 오는 걸 느꼈다. 가슴께가 단단해지고 식은땀이 배어 나왔다.

목소리들은 대화를 멈추지 않았다.

- 사물함은 왜 떼어 냈대. 짐 넣어 둘 곳 없게.

- 사람들이 이래 많이 올 줄은 몰랐나 보지. 샤워기가 여섯 대인 걸 보니 여섯 명이 정원인 것 같은데?

- 여기는 한 사람당 돈을 받는 게 아니라고?

- 시간당 받는다고 하던데? 기본 세 시간에 얼마라고 했었지, 아마. 그새 까먹어 버렸네.

- 오늘은 공짜라고 하지 않았어?

- 그래, 우리가 개시라고 공짜로 해 준다고 한 거 같아.

- 아니야, 나영이가 낸다고 했어. 여기 최 씨 조카가 하는 거라잖아.

- 아, 그 왜 있잖아. 누구더라, 그래, 정훈이. 나영이하고 같이 저기 설백고등학교 나온.

설백고등학교?

잠시 숨 쉬는 걸 잊고 있던 민지가 크게 숨을 내뱉었다. 그러자 얼굴 주변 비누 거품들이 우주를 유영하듯 사방으로 흩어졌다. 설백고등학교는 민지의 모교였다. 집을 청소해 준 서연도 그렇고, 정훈과 나영 역시 설백고등학교 출신인 모양이었다. 물론 그들이 설백고등학교를 다녔다고 해서 이상할 건 없었다. 용광읍이나 선인면에서 고등학교를 다녔다면 열에 아홉은 설백고 출신일 수밖에 없는 게 설백군의 현실이었다.

장화 속 두 발에 미끌거리는 땀이 찼다. 양동이 손잡이와 밀대를 쥔 손에 힘이 들어갔다.

침묵을 깨뜨린 건 사우나 방향에서 들려온 또 다른 목소리였다. 고스톱 결과에 열을 올리던 목소리는 뜬금없이 '미숙'이란 이름을 꺼내들었다.

- 그래도 미숙이가 예쁘긴 참 예뻤어. 탄가루 묻히고 서 있어도 연예인 같았지.

- 뭘 또 그렇게까지 예뻐. 예쁘긴 영희가 더 예뻤지. 미숙이는 다방에서 일할 땐 남자들이 줄을 섰지만 선탄장에 들어가니 우리하고 똑같더만.

- 에이, 똑같긴 뭘 또 똑같아. 지혜 엄마네 집에 거울 하나 들여놓자. 아니다, 나갈 때 밖에 거울 앞에서 단체 사진이라도 함 찍어.

단체 사진이라는 말에 박장대소가 터져 나왔다. 목소리를 가진 비누 거품들은 한참을 깔깔대며 목욕탕을 돌아다녔다. 바람도 불지 않는데 비누 거품들이 움직였다. 바닥을 굴러다니는 거품들에게선 말로 설명할 수 없는 경쾌함마저 느껴졌다.

그때 부드러운 무언가가 민지의 목덜미를 스치고 지나갔다. 몽실몽실하면서도 머리카락이 쭈뼛 서는 기분에 민지는 손에 들고 있던 양동이를 바닥에 떨어뜨렸다. 갑작스러운 소음에 비누 거품들은 수다를 멈추고 조금씩 수그러들었다. 다시 말을 시작한 건 새벽녘 무덤가처럼 주위가 고요해졌을 무렵이었다.

- 그래서 미숙이 딸은 언제 돌아간대?

이마를 타고 땀방울 하나가 흘러내렸다. 무릎에 힘에 빠지고 아랫배가 간질거렸다.

목소리들은 어딘지 모르게 숨을 죽인 모습이었다.

- 낸들 알아. 얼굴 한번 안 들이밀다 지 엄마 죽고 나서 왜 눌러앉았는지.

- 눌러앉은 거는 아니래. 오래 있진 않을 거라던데.

- 누가 그래?

- 그거야 몰르지.

- 혹시 지 아빠 위패 찾으러 온 거 아냐?

- 쉿, 조용히 해!

일순간 허공을 떠다니던 빛들이 모두 사라졌다. 조명이

고장 난 것처럼 눈앞이 깜빡거렸다. 심장을 바늘로 찌르는 것 같은 통증에 숨이 잘 쉬어지지 않았다. 이대로 숨을 쉬면 심장이 터져 버릴 것만 같아 민지는 입술을 손톱만큼 벌리고 숨이 쉬어지길 기다렸다.

잠시 뒤, 비누 거품들이 다시 빛을 내며 수다를 떨기 시작했다. 그들은 여전히 민지의 존재를 인지하지 못하고 있는 것처럼 보였다.

샤워실에서 굴러 나온 비누 거품 하나가 두둥실 떠오르며 말을 꺼냈다.

- 아, 왜. 거기 선인 1차에서 광산 쪽으로 산길 따라 가다 보면 암자 하나 있잖아.

- 그 무당집?

- 아니, 보살님이 수행하는 암자. 아이고, 이 큰할마이 진짜.

- 거게는 귀신 나온다고 아들한테도 들가지 말라 했던 곳인데.

- 그게 아니라 군사시설이야. 땅에 지뢰가 묻혀 있어서 못 들어가는 거라고.

- 메라니. 그냥 석공 땅이니 넘들은 들어오지도 말라는 게지. 거 예전 수직갱 입구 근처잖아.

- 아, 거기 수직갱. 천장 한 번 무너져 내렸던.

민지는 수직갱이라는 단어를 입에 머금었다. 수직갱은 금녀의 공간이었다. 여자와 아이 들의 입갱은 법적으로 금지되어 있었다. 근무 환경이 많이 개선되었다고 해도 탄광은 예나 지금이나 오늘의 안녕을 기도하며 생명을 담보한 채 들어가야 하는 위험한 장소였다.

한기가 느껴졌다. 응접실에 열어 둔 창문에서 찬 바람이 불어 들어왔다.

사우나 한쪽에서 누군가 작게 웅얼거렸다. 어디선가 들어 본 목소리였다.

- 그 아는 여길 빨리 떴으면 좋겠는데. 오래 머물지 말고.

헛웃음이 나왔다. 설백의 누구와도 연이 없다 생각했는데 이곳에는 그녀가 떠나기를 바라는 이들이 있었다. 심지어는 얼굴 한번 본 적 없는 아빠의 위패를 언급하며 뒷담화를 늘어놓았다. 이런 대화를 나눌 법한 사람들을 떠올리려 노력했지만 생각나는 사람이 아무도 없었다. 과거의 기억을 애써 끄집어내 보아도 마찬가지였다. 기억상실증에 걸린 사람처럼 설백의 사람들이 전혀 기억나지 않았다. 학창 시절 담임선생님들의 얼굴, 같은 반 친구들의 얼굴, 심지어는 자신을 따돌렸던 동창들의 얼굴들조차도 선명하지 않았다.

눈앞의 비누 거품을 향해 손을 뻗었다. 부들부들한 촉감의 비누 거품은 고무장갑을 스치고 날아가 아직도 열기가 남아 있는 온탕 위에 내려앉았다. 따뜻한 물에 닿은 비누 거품은 빛을 잃어 가며 녹아내렸다. 바닷물에 떨어진 소금 알갱이처럼 흔적도 없이 한순간 사라졌다.

있을 수 없는 일이었다. 차갑고 깨끗한 공기가 절실했다. 후텁지근한 공기에 숨을 몰아쉬던 민지가 다시 응접실로 달려 나가 굳게 닫혀 있던 가벽을 힘주어 밀었다. 이후엔 비밀의 방 왼쪽에 있는 쪽문의 잠금장치를 열고 둥근 알루미늄 손잡이를 오른쪽으로 끝까지 돌렸다. 그러자 곧 철문이 열렸다. 기다렸다는 듯이 차가운 바람이 목덜미를 파고들었다.

건물 외벽에 몸을 기댄 민지가 거칠게 숨을 몰아쉬었다. 놀란 가슴이 쉬이 진정되지 않았다. 헛것이 어떻게 이렇게까지 생생할 수 있는지, 방금 전 벌어졌던 상황이 마치 꿈만 같았다. 어쩌면 현재는 실제가 아닐지도 몰랐다. 물이 들어가 잘 벗겨지지 않는 고무장갑을 억지로 벗어 던지고 빨갛게 부어오른 손가락으로 허벅지를 꼬집었다. 악 소리가 날 정도로 찌릿한 통증이 몰려들자 통증보다 고통스러운 두려움이 몰려왔다. 믿기 어렵지만 꿈이 아니라 현실이었다. 아무리 노력해도 잊을 수 없는 학창 시절처럼 거부할 수 없는 지독한 현실이었다.

오한이 찾아들었다. 땀과 습한 기운에 흠뻑 젖은 몸은 설백의 찬 바람을 감당해 내지 못했다. 뒷목을 타고 땀이 흘러 닦아 내는데 부슬부슬한 무언가가 손바닥에 묻어났다. 비누 거품이었다. 부들부들한 비누 거품 한 덩이가 반짝이는 빛을 내뿜으며 그녀의 손 위에 놓여 있었다.

한참동안 손바닥을 내려다보던 민지는 넋이 나간 표정으로 비누 거품을 바지에 닦아 냈다. 어디까지를 받아들여야 하고 어디서부터를 무시해야 할지 감이 잡히지 않았다. 비누 거품은 입안에서 톡톡 터지는 가루사탕처럼 옷에, 피부에, 뇌리에 스며들었다. 마치 지워지지 않는 체취 같았다. 다리에 힘이 풀렸다. 오늘 안에 청소를 마칠 수 있을까 싶었다. 목욕탕에 다시 들어갈 엄두가 나지 않았다.

9

탄광 사우나

까마귀 우는 소리가 하늘을 뒤덮었다. 구름 때문에 해가 뜨지 못한 초겨울은 나뭇잎을 모두 잃은 나무만큼이나 스산했다. 작은 보온병을 품에 안고 산을 오르던 민지가 자리에 멈추어 서서 숨을 골랐다. 뒤를 돌자 익숙한 마을들이 내려다보였다. 섬처럼 고립되어 있는 선인면도, 저 멀리 높은 산맥을 병풍처럼 두르고 있는 용광읍도 망원경을 가져다 댄 듯 눈에 선했다. 어디선가 쓰레기를 태우는지 산맥 사이에서 허옇고 검은 연기 한 줄기가 솟아올랐다. 학창 시절 내내 머리카락을 물들였던 탄내가 또다시 독한 연초처럼 구부렁구부렁 피어오르고 있었다.

흔들리는 눈동자로 우거진 숲을 구석구석 훑었다. 역시나 멀지 않은 곳에 새하얀 고양이가 보였다. 마스크를 벗으려던 민지가 어금니를 깨물고 등을 돌렸다. 또다시 망할 놈의 고양이였다.

미치고 팔짝 뛸 노릇이었다. 하루가 멀다 하고 거실 앞 텃밭에 누워 있던 고양이는 산길로 들어서는 민지를 발견하자마자 그녀를 뒤쫓기 시작했다. 발을 구르거나 나뭇가지를 휘둘러 보아도 달라지는 건 없었다. 도망가는 법을 못 배운 게 분명한 생명체는 위협을 가해도 털을 세우거나 등을 부풀리지 않았다. 그저 가까워졌다 멀어지기를 반복하며 민지의 뒤를 졸졸 따랐다. 고양이는 영물이라더니 이 동네 지박령일까 싶을 정도였다.

학창 시절에 살았던 상가주택이 떠올랐다. 성당에 다녔던 엄마는 샛노란 종이에 쓴 새빨간 글씨의 부적을 집 안 여기저기 덕지덕지 붙여 놓았었다. 어렸던 민지는 그런 엄마를 이해할 수 없었다.

"엄마, 진짜 왜 그래? 제발 그만 좀 해."

"이게 어디서 눈알을 부라려? 너, 엄마가 우스워?"

"어, 우스워. 하느님 믿는다는 사람이 이런 종이 쪼가리나 받아 오고, 그것도 모자라 집구석에 치덕치덕 붙여 놓는 모양새가 아주 꼴사납고 우스워.”

“이년이 엄마한테 말하는 싸가지가.”

“성당에 가슴 파인 옷이나 짧은 치마 입고 가는 것도 이미 충분히 부끄러운데, 이런 징그러운 종이들을 돈까지 주고 받아 와서 보물이라도 되는 양 집구석에 붙여 놓는 게 정말 죽고 싶을 만큼 수치스러워.”

미숙의 손이 민지의 머리통에 날아들었다. 민지는 언제나처럼 눈을 크게 뜨고 미숙을 향해 소리를 질렀다.

“왜 때려! 내가 없는 말 했어?”

“죽는 게 우스워? 이게 어디 엄마 앞에서 죽고 싶다는 말을 함부로 씨부려?”

“그냥 관용어잖아. 엄마, 우리는 지금 다른 주제로 얘기를 하고 있었잖아. 엄마는 내가 하는 말이 이해가 안 돼? 한국말 이해 못 해?”

“이년이 지금 공부 좀 한다고 엄마를 무시해? 엄마가 배우기 싫어서 못 배운 줄 알아?”

“여기서 갑자기 그 얘기가 왜 또 나오는데? 엄마, 그거 피해의식이야. 나는 엄마가 저 부적 쪼가리에 돈 쓰는 게 이해가 안 된다고 얘기하는 거야. 엄마는 딸이 이렇게 명확하게 반복해서 하는 말이 진짜 하나도 이해가 안 되는 거냐고!"

"나, 열심히 살았어. 깡촌에서 땅 한 마지기 없이 소작하는 부모 대신 동생 넷 업어 키웠고, 탄가루가 입천장에 들러붙어 토악질을 하면서도 이를 악물고 일했어. 내가 누구 때문에 그렇게 버텨 왔는데. 다 너 하나 잘 키워 보겠다고 이렇게 살아온 건데!"

"누가 나 하나 보고 살래? 엄마는 그냥 엄마 인생 살아. 이딴 부적 그만 가져오고. 엄마도 남들처럼 평범하게, 그렇게 좀 살아 주라, 제발!"

민지가 책상 위에 놓여 있던 부적들을 갈기갈기 찢어 땅에 던졌다. 그 모습에 화들짝 놀란 미숙은 바닥에 떨어진 부적들을 주워 신줏단지 모시듯 가슴에 품었다. 실핏줄이 다 터진 눈에 그렁그렁 눈물을 달고 있는 엄마를 보며 민지는 자신의 뺨을 내려쳤다. 밀물처럼 차오르는 분노를 억누를 길이 없어 엄마보다 먼저 울음을 터뜨렸다.

부자 부모는 꿈도 꿔 본 적이 없었다. 엄마, 아빠가 모두 있는 '정상' 가족은 애초부터 그녀가 가질 수 없는 동화 속 허상이었다. 10대의 민지가 원했던 건 엄마라는 단어를 들으면 편안하고 애틋한 감정을 갖는 것뿐이었다. 힘이 들면 집에서 나가고 싶다는 생각이 드는 게 아닌, 엄마의 품과

내 방을 도피처로 떠올리는 사람이 되고 싶었다. 도대체 어디서부터 잘못된 건지, 어떻게 해야 남들처럼 평범한 어른이 될 수 있을지 길이 보이지 않았다. 장래 희망이란 단어는 다른 세상의 이야기였다. 눈을 떠 보니 남들은 땅 위에 서 있는데 자신만 막장에 누워 있었다. 결국 그런 기분에서 벗어나지 못한 채 어른이 되고 말았다.

아무리 찢어도 다시 생겨났던 엄마의 부적처럼 새하얀 고양이는 눈치도 없이 그녀를 쫓아왔다. 고양이가 원망스러웠다. 마스크를 쓰고 산을 오르고 있는 건 모두 저 망할 놈의 고양이 때문이었다. 숨이 차오를수록 부적을 들고 울던 어린 민지가 떠올랐다. 그 아이가 안쓰럽고 원망스러웠다. 어른이 되어 보니 그깟 부적, 못 본 척 지나칠 수도 있었던 일이었다. 예민한 아이였다. 어쩌면 모녀 사이에 금을 그은 건 엄마가 아니라 어린 민지였을지도 모르겠다는 생각이 들었다.

돌덩이를 얹어 놓은 듯 가슴이 답답해졌다. 더 이상 신을 찾지 않게 된 지금이라면 엄마의 부적에 히스테리를 부리지 않을 수도 있을 것 같았다. 어쩌면 샛노란 부적은 그저 두려움과 간절함을 담은 마음일지도 몰랐다. 어렸던 민지와 젊었던 엄마가 동정도 가지 않을 만큼 불쌍해졌다.

눈이 부셨다. 어느새 울창한 나무들이 사라지고 새하얀 태양이 넓은 공간을 밝게 비추고 있었다. 그저 수사적 표현이 아니었다. 누군가 숲속의 나무들을 잘라 내고 땅을 다진 흔적이 적나라하게 앞에 놓여 있었다.

그리고 시멘트 벽돌로 쌓아 올린 담장 안쪽, 제멋대로 자란 수풀 사이로 우뚝 서 있는 건물 하나가 보였다. 여기저기 부서지고 금이 간 모양새가 방치된 지 오래된 건물이 분명했다. 사람이 찾지 않는 건물은 순식간에 폐가가 되었다. 저 홀로 시간을 가속한 듯 더 빨리 부서지고 심하게 망가졌다.

활짝 열린 철문 옆으로 나무 간판이 보였다. 탄광 사우나. '탄광마을 사우나'가 아닌 '탄광 사우나'였다. 다소 외진 동네였지만 그래도 정훈의 사우나는 도로변에 있었는데, '탄광 사우나'는 말 그대로 산 중턱에 위치했다. 진짜 사우나가 있던 자리인 건지 아니면 간판만 '탄광 사우나'인 건지, 혼란스러웠다. 이런 곳에 사우나가 있으면 안 되지 싶었다. 힘 있는 필체로 적혀 있는 건물의 이름을 소리 내어 읽은 민지가 가만히 자리에 멈추어 섰다. 지도에도 없는 사우나 건물은 핀 조명을 비춘 듯 햇빛을 받아 새하얗게 빛나고 있었다.

들어가 봐야 할까.

정답은 이미 나온 것과 다름이 없었지만 그래도 겁이 났다. 텅 빈 산속에 있는 낯선 폐건물에 혼자 들어가는 건 담력이 좋은 사람에게도 쉽지 않은 일일 것이 분명했다. 사람이 없을까 봐 생기는 공포와 사람이 있을까 봐 생기는 공포가 멈추지 못하는 모빌처럼 가슴속에서 빙빙 돌았다. 바람에 담긴 흙냄새가 코를 간질였다. 나뭇가지에 달린 나뭇잎 흔들리는 소리가 무당이 흔드는 방울 소리처럼 시끄러웠다.

그때 무언가 휙 하고 눈앞을 지나갔다. 고양이였다. 이제껏 낙엽 밟는 소리도 내지 않고 움직이던 고양이가 병아리를 쫓는 족제비처럼 재빠르게 건물 안으로 뛰어 들어갔다. 그래, 어쩌면 이곳은 길고양이들이 모여 있는 고양이 아지트일지도 몰랐다. 집 없는 고양이들이 점령한 거대한 숨숨집일지도 몰랐다.

고양이라고? 맙소사, 그것도 고양이 떼라니.

이성적 판단은 당장이라도 발길을 돌리라고 소리쳤지만 이상하리만치 몸이 말을 듣지 않았다. 나뭇가지가 신발에 밟혀 부러지는 소리가 났다. 누구지 싶어 주위를 둘러보니 민지 자신이 낸 소리였다. 정신을 차려 보니 어느덧 담장 안이었다. 정글처럼 수풀이 우거진 마당 한가운데, 보온병을 손에 든 민지가 우두커니 동상처럼 서 있었다.

심장이 빠르게 뛰기 시작했다. 이마에선 식은땀이 배어 나왔다. 숨을 크게 들이쉬고 빠르게 내쉬기를 반복하니 어느덧 녹이 슨 철문이 코앞에 있었다. 민지가 느리게 손을 들어 문고리를 잡아당겼다. 경첩이 헐거워진 철문이 빠드득대며 시멘트 바닥을 날카롭게 긁었다.

"아!"

그리고 민지는 탄성을 뱉었다. 고양이들이 드글거리는 음침한 장소일 것이란 상상과 달리 사우나 내부는 당혹스러우리만치 밝고 포근했다. 햇빛이 어찌나 잘 드는지 곰팡이 냄새도 나지 않았다. 그래서 용기를 내어 앞으로 한 걸음을 더 내딛는데 타일 뒤쪽에서 인기척이 느껴졌다. 숨이 멎을 것만 같았다. 건물 안에 그녀 외에 누군가가 더 있었다.

층고가 높은 건물은 지붕 한쪽이 내려앉은 채 구멍이 나 있었다. 얼기설기 남아 있는 나무 뼈대 사이로 필터를 끼워 넣은 것처럼 샛노란 햇살이 내리비췄다. 빛이 떨어진 곳에는 여학생 한 명이 앉아 있었다. 새하얀 고양이를 품에 안고 있는 아이는 서연이었다. 서연이 소리가 난 방향을 향해 천천히 고개를 돌렸다. 이상하리만치 전혀 놀라지 않은 기색이었다.

민지는 서연을 향해 걸음을 내디뎠다. 아이가 품에 안고 있는 고양이가 마음에 걸렸지만 다른 방법이 떠오르지 않았다.

"여기서 뭐 해?"

온탕과 냉탕의 거리만큼 떨어진 곳에 자리를 잡은 민지가 보온병을 잡은 손에 힘을 주며 서연에게 물었다. 서연은 민지에게서 시선을 거두며 고양이의 등을 쓰다듬었다.

"고양이 털 알레르기 있는 거 아니었어요?"

"그래서 마스크 쓰고 있잖아."

"여긴 왜 왔는데요?"

아직 대화를 시작하지도 않았는데 벌써 말문이 막혀 버렸다. 아이의 연갈색 손은 흰 고양이의 엉덩이 위에서 왈츠를 추듯 움직이고 있었다.

민지는 서연을 향해 한 걸음 더 가까이 다가갔다.

"이런 곳에서 혼자 있으면 위험해."

"아무것도 모르면서 아는 척하지 마세요."

"적어도 산에 대해선 너보다 훨씬 더 잘 알아. 산은 해가 지면 위험해. 이곳은 해가 지지 않아도 충분히 위험해 보이지만."

서연은 민지의 걱정에 고개를 돌렸다. 입을 다물기로 작정한 모양이었다. 문득 아이가 이곳에서 남자 친구라도 만나려는 걸까 하는 생각이 들었다. 연인을 이런 곳에서 만나자고 하는 남자라면 오지랖을 부려서라도 아이를 끌어내야 했다. 차라리 담배를 피우다 들킨 거라면 그냥 넘어가 줄 수도 있었겠지만 이건 안전과 직결된 문제였다. 보고도 못 본 척 지나칠 수는 없었다. 민지는 적절한 거리를 두고 서연과 고양이에게서 떨어져 앉았다. 흙냄새가 섞인 먼지 냄새가 났다. 오래된 수조의 타일 위에 묻어 있던 그을음이 창백한 손바닥에 묻어났다.

새들이 지저귀는 소리가 들려왔다. 누군가와 단둘이 아무 말없이 앉아 있어 보는 건 오랜만이었다. 평온하면서도 불안한 분위기가 민지는 고등학교 수학 시간 같다고 생각했다. 중요한 것 같지만 지루하고 무의미하다. 정적으로 휘몰아쳤던 그 시간을 소중하게 기억하는 사람은 결국 아무도 남지 않았다.

끔뻑끔뻑 찾아오는 졸음 속에서 민지는 생각의 끈을 애써 더듬었다. 공상은 잠이 들지 않는 데 항상 도움이 되었다. 서연이 앉아 있는 곳은 온탕이었을까, 냉탕이었을까. 이런 산속에 목욕탕은 왜 지었던 걸까. 이곳을 방문했던 손님들은 누구였을까. 기껏 지어 놓은 건물을 왜 이렇게 될 때까지 방치했을까.

해가 넘어가며 살갗에 한기가 파고들었다. 공기에 어둠이 스며들 즈음 새하얀 고양이가 서연의 품에서 뛰어내렸다. 꼬리를 길게 세운 녀석은 엉덩이를 슬렁슬렁 흔들며 느린 걸음으로 출입구를 향해 걸어갔다. 잠시 뒤, 그 모습을 가만히 지켜보던 서연이 고양이를 따라 자리에서 일어섰다. 민지에게는 눈길도 주지 않던 아이가 고양이가 이끄는 길은 피리 부는 소년을 따르는 쥐 떼처럼 군말 없이 뒤따랐다. 그들의 모습을 말없이 바라보던 민지가 바지를 털며 몸을 일으켰다. 고양이를 따르는 서연의 뒤를 따라 걸음을 옮겼다. 순식간에 해가 지고 어둠이 내려앉았다.

건물을 빠져나와 산길에 접어든 민지는 자꾸만 뒤로 돌아가는 목에 힘을 주었다. 돌아봐선 안 될 것 같았다. 녹이 슬고 금이 간 폐건물에 갑자기 불이 켜지고 온수가 흐를 것 같아 겁이 났다. 아무래도 고양이에게 홀렸나 싶었다. 역시 문제는 처음부터 고양이에게 있었다.

이상한 일도 자주 겪으면 이상하게 느껴지지 않는다. 잘못되었다는 걸 인지할 새도 없이 환경에 적응한다. 여탕에 들어간 민지 역시 마찬가지였다. 오늘도 목욕탕엔 반짝거리는 비누 거품들이 날아다니고 있었다. 하지만 더 이상 말을 하는 새하얀 비누 거품들이 신기하게 느껴지지 않았다. 오늘은 누가 목욕탕을 찾았을까 궁금하기까지 했다.

남탕 앞에 선 민지는 출근 전 정훈과 카페에서 나누었던 대화를 떠올렸다. 카페 출입문에 붙어 있던 파란색 남탕 스티커는 오늘따라 그 색이 유독 선명해 보였다.

정훈은 노트북에 코를 박고 있었다.

"안 바빠요?"

민지의 목소리에 정훈이 고개를 들었다. 딸―랑 하는 종소리는 오늘도 한 박자 늦게 자신의 존재감을 과시했다.

자리에서 일어선 그는 민지에게 자리를 안내했다.

"손님이 있어야 바쁘죠."

"뭐 하고 있었는데요?"

"온라인 홈페이지 만들려면 어떻게 해야 하는지 공부하고 있었어요. 제가 몸 쓰는 일 하던 사람이라 이런 건 좀 어려워서."

그 말을 들은 민지가 어깨를 들썩였다. 정훈은 노트북을 들고 민지가 앉은 테이블로 자리를 옮겼다.

민지는 정훈 쪽으로 몸을 기울여 노트북 액정을 들여다보았다.

"홈페이지는 왜요?"

"가게 홍보를 좀 해 볼까 하고요. 스마트스토어? 그런 것도 해 보고."

"커피를 스마트스토어로 판다고요? 원두를 팔 건 아닐 거고. 너무 효율적이지 못한 거 아니에요?"

"사실은 제가 아직 잘 몰라요. 그래서 공부하고 있어요."

"내가 얘기 안 했었나? 저, 마케터였는데."

민지가 정훈을 향해 고개를 돌렸다. 정훈은 민지와 무릎이 닿을 정도의 거리로 자리를 옮겨 앉았다.

"들었던 것도 같고, 아닌 것도 같고."

민지는 노트북을 들여다보며 말을 이었다.

"요즘 개인 카페엔 인터넷 홈페이지 같은 거 필요 없어요. 블로그 광고랑 인스타 입소문이 중요하지. 여기는 배달이 쉽지 않은 위치니까 네이버지도랑 카카오맵, 구글지도의 리뷰들을 먼저 장악해 보죠. 아, 제가 이곳 마케팅을 해도 괜찮으시다면요."

"마케팅이요?"

난감해하는 정훈의 얼굴을 보며 민지는 고개를 끄덕였다.

"방향만 잡아 드릴게요. 이후에는 사장님이 알아서 하시고. 이건 두 번이나 재워 주신 것에 대한 보답이에요. 심지어 목욕탕 청소도 할 수 있게 일자리도 주셨잖아요."

"그건 그거고요."

"사장님 아니었으면 저 지금 백수였어요. 어차피 오래 머무르진 않을 거니까 잠깐만 외주 쓰세요."

"금방…… 떠나요?"

민지의 시선이 카페의 출입문 방향으로 움직였다. 몇 주 전까지 서울에서 보냈던 10여 년의 시간이 마치 전생처럼 아득하게 느껴졌다.

"가야죠. 저도 먹고는 살아야 하니까. 설백은 농사랑 자영업 빼면 할 수 있는 일이 없잖아요. 누구랑 다르게 나는 목욕탕도 없고."

침묵은 사유의 곳간이었다. 콧잔등을 장난스럽게 찡그려 보인 민지가 손바닥을 털며 자리에서 일어섰다. 억지로 유쾌할 필요도 없었지만 필요 이상으로 진지해질 필요도 없었다. 돈을 받고 일하기로 했으면 일을 잘하면 그만이었다. 오전부터 사우나를 이용한 이들이 남긴 흔적을 지워 내기 위해 '여탕'으로 걸어갔다. 뒤를 한 번 돌아봐야 하나

고민이 되었지만 그만두었다. 반짝이는 비누 거품들에 대해 묻는 일은 다음 기회로 미루기로 했다. 사장인 그가 설마 비누 거품의 존재를 모르진 않겠지 싶었다.

재개장한 사우나의 두 번째 고객은 중년 여성들이었다. 누구누구 엄마로 서로를 부르는 비누 거품들은 바지런히도 빛을 내며 목욕탕 내부를 돌아다녔다. 이로써 민지는 거품들의 정체를 추측해 볼 수 있게 되었다. 비누 거품들은 아마도 목욕탕 이용객들이 남긴 흔적인 듯싶었다. 거품들은 목욕탕을 찾았던 사람들이 움직인 동선을 따라다니며 그들이 나누었던 대화를 메아리처럼 따라 했다. 청소 시간이 지연될수록 비누 거품들은 몸집을 더 키웠다. 하루라도 청소를 건너뛰었다가는 사우나 전체를 집어삼킬 기세로 크고 풍성하게 팽창하며 목욕탕 안을 돌아다녔다.

그 때문에 꿈이라 여겼던 첫 번째, 기절할 듯 놀랐던 두 번째와 달리 세 번째 만난 비누 거품들은 민지를 더 이상 겁먹게 만들지 못했다. 신기한 건 여전했지만 두렵지는 않았다. 비누 거품들은 온수에 닿으면 스멀스멀 녹아 하수구로 사라졌는데, 그 때문에 민지는 퐁퐁과 락스를 섞은 따뜻한 물을 밀대에 묻혀 벽면과 바닥을 청소했다. 마무리로 온수를 뿌리는 행위 역시 잊지 않았다. 그래야만 비누 거품들을 확실하게 제거할 수 있었다.

냉탕과 온탕, 수조에서 물을 뺀 민지가 출입구 옆 수전에 파란색 고무호스를 연결했다. 자질구레한 목욕 의자와 세숫대야들이 없어서 목욕탕 청소에는 그다지 오랜 시간이 걸리지 않았다.

오늘도 비누 거품들이 가장 반짝이는 장소는 사우나였다. 편백나무 향이 나는 사우나의 문을 열자 반짝거리는 비누 거품 한 덩이가 민지의 뺨을 훑고 밖으로 날아갔다. 목소리가 들려온 건 그때였다. 가장 단단하게 뭉쳐 있던 비누 거품이 기다렸다는 듯 속사포처럼 말을 꺼냈다.

- 얘기 들었어? 그 혼혈.

- 혼혈 누구? 혼혈인 애가 한둘이어야지.

- 아, 왜 있잖아. 설백고 다니는 여자애.

- 아, 그 서연인가 수연인가 하는 애?

물을 틀기 위해 목욕탕 반대편으로 걸어가려던 민지가 동작을 멈추었다. 그녀는 건전지가 다 된 인형처럼 보였다. 목소리들은 수다를 멈추지 않았다.

- 걔가 글쎄 낙태를 했대.

- 뭐? 낙태? 애를 가졌어야 낙태도 하는 거 아니야?

- 그런 소문은 또 어디서 들었대?

- 딸 친구들이 수군거리는 거 들었지.

- 이 동네는 산부인과가 없어서 태백까진 가야 할 텐데.

- 소문이 날까 봐 서울까지 가서 지우고 왔대.

- 그렇게 용을 썼는데 소문이 나서 어떡한대?

- 소름끼친다, 정말. 그런 건 뉴스에나 나오는 일인 줄 알았는데. 코딱지만 한 동네에서 이게 무슨 일이야.

커다란 프라이팬으로 뒤통수를 얻어맞은 듯 머리가 얼얼했다. 민지는 사우나 안으로 들어가 비누 거품이 묻어 있지 않은 의자 가장자리에 자리를 잡고 앉았다. 방금 들은 이야기가 잘 이해되지 않았다. 애써 묻어 두었던 설백에 대한 속상함과 분노가 오랜 시간 예열한 엔진처럼 마음의 본체에 균열을 냈다.

어른들이었다. 심지어 자녀가 있는 부모들이었다. 그런 사람들이 한동네에 사는, 그것도 아직 고등학생밖에 안 된 아이가 생명을 품었다 떠나보냈다는 이야기를 할리우드 가십 다루듯이 쑥덕이고 있었다. 화산석들은 진즉에 차갑게 식었는데 자꾸만 얼굴에 열이 올랐다. 산 중턱 폐건물에 멍하니 혼자 앉아 있던 서연의 옆모습이 머릿속에서 지워지지 않았다.

민지의 발치를 굴러다니는 비누 거품들은 눈이 부실 정도로 반짝였다. 비누 거품들은 말을 할 때마다 밀도가 낮아졌다 쫀쫀해지기를 반복했다.

- 그래서 누구 애래?

- 남자 친구 아닐까?

- 남자 친구가 누군데?

- 에이, 걔가 남자 친구가 있겠어? 왕따라는데.

- 왜? 여기는 혼혈이 워낙 많아서 피부색으로 왕따시키고 그러지는 않는 동네잖아. 피부색 다르다고 괴롭힐 나이도 한참 지났고.

- 아, 그거야 이유가 있겠지. 그런데 애들이 막 괴롭히는 그런 게 아니라 그냥 외톨이래. 친구가 아무도 없는 거.

- 그건 또 누가 알려 줬대?

- 누구긴 누구야, 우리 아들이지. 괴롭히고 못살게 굴고 그런 게 아니라 같이 얘기하거나 밥을 먹거나 하는 친구가 없는 거래.

- 하긴, 늘 혼자 다니더라.

- 그런데 임신을 어떻게 해.

- 혹시 다 늙은 사람 자식 아니야? 일본에 파파카츠 뭐 그런 거 있잖아.

- 그러게. 문란한 애였다면 또 모르지. 그런데 무섭다. 그런 애가 우리 애들이랑 같은 학교를 다닌다는 게.

- 역시 멀쩡한 가정환경에서 자라는 게 중요하다니까. 걔 젖먹이 때 엄마가 자기 나라로 도망가 버린 애 맞지? 에휴, 불쌍한 거. 부모가 없으면 이렇게 티가 난다.

더 이상 가만히 듣고 있을 수가 없어 민지는 불이라도 본 것처럼 수전으로 달려갔다. 잠시 뒤, 10미터에 달하는 고무호스에서 거센 수압의 온수가 쏟아져 나왔다. 밀폐나 다름없는 공간에 새하얀 수증기가 차오르자 비누 거품들은 금세 빛을 잃고 검은 하수구로 빨려 들어갔다. 쪼르륵쪼르륵 내려가는 물소리가 귓전을 때렸다. 온몸이 땀범벅이 된 손에서 호스가 자꾸만 미끄러졌다.

파란색 고무호스가 통제력을 잃고 뱀처럼 마구잡이로 흔들렸다. 더 이상 사우나에 남아 있는 비누 거품은 없었지만 민지는 뜨거운 물을 뿌리는 행위를 멈추지 않았다. 멈출 수가 없었다. 멈추어지지 않았다.

샤워도 하지 않고, 옷도 갈아입지 않고 산을 올랐다. 패딩을 입을 시간도, 마스크를 챙길 정신도 없었다. 있을지 없을지 모르는 신기루를 향해 달려가는 여정은 순진하거나 멍청한 사람들이 가진 치기가 아니었다. 걱정이자 불안이었다. 용기였고 간절함이었다. 목이 말라 편도에 통증이 느껴졌으나 상관없었다. 갈증이 좀 난다고 죽을까 싶었다. 진짜 사람을 죽게 만드는 건 노환이나 질병, 사고, 그리고 마음에 난 생채기였다.

폐건물 앞에 도착했다. 초행길이었을 때보다는 확실히 금방 도착한 것 같은 기분이었다. 우중충한 구름 때문인지 폐건물의 분위기는 지난번보다 을씨년스러워 보였다. 불이 켜지고 온수가 흐를 것 같은 착각 따위는 어디로 봐도 들지 않았다.

'탄광 사우나'라고 적힌 나무 간판을 지나쳐 정문 안으로 들어섰다. 발에서 통증이 느껴져 슬리퍼를 벗으니 발바닥에 박혀 있는 작은 돌멩이가 보였다. 정신을 차리고 보니 슬리퍼였다. 등산객조차 다니지 않는 산에 오르며 목욕탕 슬리퍼를 신고 와 버렸다.

아귀가 맞지 않아 꽉 닫히지 않은 철문을 바라보며 민지는 건물 안에 서연이 없을 경우를 상상했다. 이성적으로 판단하면 당연한 일이었기에 허탈하긴 해도 실망하진 않을 자신이 있었다. 진짜 걱정은 서연이 오늘도 건물 안에 앉아 있을 경우였다. 무어라 말을 꺼내야 할지 감이 잡히지 않았다. 따돌림을 당하고 있느냐는 물음도, 진짜 아이를 지웠냐는 무례도, 어린 시절 엄마가 도망간 게 사실이냐는 실례까지도 범하고 싶지 않았다. 하얀 고양이가 떠오른 건 녹슨 문고리에 손을 가져다 댔을 무렵이었다. 오늘도 고양이가 목욕탕 안에 있을 경우를 상상했다. 그럴 경우, 민지는 서연에게 가까이 다가갈 수조차 없을 것이었다.

끼이익 소리와 함께 문을 당겼다. 크게 심호흡을 하고 건물 안쪽으로 걸음을 옮겼다. 그러고는 자리에 멈추어 섰다. 「메멘토」인가 싶었다. 놀랍게도 아이는 어제와 같은 자리에 같은 자세로 앉아 같은 표정을 짓고 있었다.

다행히 고양이는 보이지 않았다. 민지는 서연을 향해 천천히 걸어갔다.

"스토커예요?"

어제와 달라진 건 오직 침입자의 태도뿐이었다. 민지는 선뜻 입을 떼지 못했다.

계속되는 침묵에 출입구 쪽으로 고개를 돌린 서연이 민

지를 가만히 바라보았다. 어둠 속에 앉아 있는 서연의 얼굴에선 아무런 감정도 읽어 낼 수 없었다.

목소리에도 감정이 담겨 있지 않았다.

"왜 또 왔어요?"

날을 세운 질문은 더 이상 가까이 오지 말라는 경고처럼 느껴졌다. 자리에 멈추어 선 민지가 입술을 빼끔거렸다. 그에 서연은 다시 허공으로 고개를 돌렸다. 바람 소리도 새소리도 오늘은 신기하리만치 전혀 들리지 않았다.

침묵의 시간은 생각보다 길어졌다. 숨 막히는 고요에 먼저 백기를 든 건 서연이었다.

"그거 알아요? 여기는 수십 년 전, 탄광 일을 마친 광부들이 목욕을 하던 사우나였대요. 내가 태어나기도 한참 전에 이미 문을 닫아 버린 곳이지만. 그런데요. 되게 웃긴 게, 난쟁이 아저씨에 대한 소문은 피할 길도 없이 들어 버린 거 있죠. 아주 예전에 일어났던 일인데요. 탄광 일이 끝날 때마다 이곳에서 난쟁이 아저씨 한 명이 자기 흥을 못 이기고 춤을 췄대요. 여기, 이 목욕탕 바닥에서 벌거벗은 채로요. 그러던 어느 날 난쟁이 아저씨는 비누를 밟고 미끄러져서 죽고 말아요. 하필이면 뒤로 넘어졌는데 머리가 깨져서. 그런데요. 이건 산 사람들이 퍼뜨린 이야기잖아요. 사실은 따돌리고 몰아갔겠죠? 그 아저씨가 미끄러운 타일 위에서 춤을 출 때까지요. 누가 사람들 앞에서 벌거 벗은 채 춤을 추고 싶겠어요. 그런데요. 나는 사람들 비위를 맞추려고 타일 위에서 춤을 추고 싶지 않아요. 이상한 소문이 퍼지고 꼴이 우스워진다고 해도요.”

지금의 너를 온전히 이해한다는 말을 하고 싶지는 않았다. 친구가 없는 학창 시절을 보낸다는 게 어떠한 의미인지 누구보다 잘 알고 있었지만 지금 서연에게 필요한 건 ‘라떼’의 서사가 아니었다. 학교라는 세계는 너무나도 좁고 폐쇄적이어서 숨거나 떠나는 게 사회보다 어려웠다. 서로가 서로의 얼굴을 아는 시골 마을에서는 더 그랬다. SNS가 세상을 지배한 요즘 같은 시대엔 그 좌절감이 민지 때보다 몇 배는 더할 게 분명했다. 숨고 싶어도 숨을 곳이 없을 테지. 차갑게 식은 손바닥을 말아 쥔 민지가 어금니를 꽉 물었다. 가슴이 답답해 숨이 끝까지 쉬어지지 않았다.

위로와 공감이 필요한 상황이었지만 적절한 단어가 떠오르지 않았다. 잔인하리만치 철저하게 외톨이였던 어린 시절은 지금 이 순간 아무런 도움도 되지 않았다. 10대의 절망과 20대의 불안, 30대의 회의는 결국 형태만 다를 뿐 같은 단어였다. 나이가 들면 조금은 더 단단해진다는 말이

나 가면은 쓰고 벗는 게 아닌 그저 또 다른 나의 얼굴이라는 조언 같은 건 스스로 겪어 봐야 알 수 있는 것일 뿐, 누군가 가르쳐서 깨달을 수 있는 성질의 것이 아니었다. 따돌림 같은 건 나도 겪어 봤다는 멘트는 지금 이 순간 서연에게 도움이 되지 않을 게 분명했다. 결국 지금 할 수 있는 말은 한마디도 없었다.

코끝이 간지러웠다. 아니나 다를까, 사우나 안쪽에서 고양이 한 마리가 걸어 나왔다. 이제는 안 보이면 서운할 정도로 익숙해진 하얀 고양이었다.

서연은 무릎 위로 뛰어오른 고양이를 향해 희미한 미소를 지어 보였다. 고양이의 등을 쓰다듬는 아이의 얼굴에 이제껏 본 적 없던 안온함이 깃들었다. 터져 나오려 하는 재채기를 억지로 참아 내며 민지가 뒤로 물러섰다.

고양이를 품에 안은 서연은 다시 민지를 바라보았다. 구름이 걷히며 아이의 얼굴에 빛이 들었다.

"그래서 죽으려고 했는데요. 살게 해 준 사람이 로라 할머니예요."

연민으로 가득 찼던 민지의 안색이 무채색을 담아 어둡게 바뀌었다. 로라. 아무도 대놓고 말해 주지는 않았지만 그건 분명 엄마의 또 다른 이름이었다.

“거긴 들어가면 안 되는 곳인데.”

예상치 못한 인기척에 화들짝 놀란 서연이 뒤를 돌아보았다. 낮은 돌담 앞으로 머리를 질끈 묶은 반백의 여자 한명이 서 있었다. 서연은 긴장을 풀지 않고 상대를 흘겨보았다. 누구인지 알고 있어도 대화를 나누어 본 적은 없는어른이었다.

여자는 재차 서연을 만류했다.

“너 내 말 안 들리니? 거긴 들어가면 안 되는 곳이라고.”

“신경 끄세요.”

“원래 그렇게 싸가지가 없니?”

“저기요.”

“아니면 그럴 수밖에 없는 사정이 있니?”

무릎 높이의 새끼줄을 막 넘어가려던 참이었다. 서연이동작을 멈추고 뒤를 돌아보았다. 여자의 그럴 수밖에 없는사정이라는 표현에 자신도 모르게 눈물이 차올랐다.

여자는 헤집어진 수풀을 정리하고 바닥에 떨어져 있던쇠사슬을 집어 들었다. 굵은 말뚝에 칭칭 감아 놓았던 쇠사슬은 아무도 새끼줄을 넘어가지 못하도록 부러 감아 두었던 것들이었다.

잠시 숨을 몰아쉰 서연이 여자를 밀치고 다시 새끼줄 앞으로 걸어갔다.

"어른 말을 안 듣는 아이로구나."

"아줌마 나 알아요?"

"알아야 하니?"

"모르는 사람이면 그냥 비키세요. 남의 사정 잘 알지도 못하면서."

"사정이야 몰라도 왜 이러는지는 알고 있지. 여기 와서 죽으면 악귀가 될 수 있다고 해서 온 거지? 원혼이 되어 사람들을 괴롭힐 수 있다고."

순간 여자가 서연의 팔목을 붙들었다. 서연은 놀란 표정을 숨기지 못하며 여자를 뒤돌아보았다. 평범한 힘이 아니었다. 그건 평생을 맨손으로 탄광 일을 한 사람 정도가 되어야 가질 수 있는 거센 악력이었다. 서연은 악 소리를 내지르며 팔을 뿌리치려 했으나 불가능했다. 저토록 작은 체구에서 어떻게 이런 힘이 나오는지 이해가 가지 않았다.

여자는 다시 서연의 팔목을 붙든 손에 힘을 주었다. 그녀는 동네에서 아주 유우명한, 로라 여사였다.

"정신 차려."

"아무것도 모르잖아요. 그쪽은 아무것도 모르면서⋯⋯."

"너에 대해서는 몰라도 여기가 내 남편을 죽인 장소라는 건 알고 있어. 나를 위하는 척, 동네 사람들을 위하는 척 부적을 써 주던 스님인지 무당인지가 급사한 장소라는 것도 알고 있고."

바람이 불어왔다. 나뭇잎들이 바스락거렸다.

여자는, 아니 로라는, 아니 미숙은, 서연의 팔을 붙들고 두 눈을 뚫어져라 쳐다보았다.

"그런데 그건 아니야. 틀렸어. 여긴 귀신을 만들어 내는 장소가 아니란다. 이 밧줄을 넘어가면 그저 지하 수백 미터 아래 수직갱과 연결되는 작은 동굴이 있고, 그곳에서는 아주 나쁜 가스가 새어 나와서 사람들이 못 가게 막아 놓은 것뿐이야. 그런데 여기에서 죽으면 억울해서 어쩌니. 어차피 나쁜 귀신도 못 될 텐데. 그리고 이렇게 예쁜데. 이렇게 어린데."

위로를 받아 보지 못한 사람은 위로를 받아들이는 법을 알지 못한다. 사람에게 기대지 못하는 사람은 사회로부터 스스로를 격리시킨다. 어쩌면 태어나서 처음일지도 모를 낯선 이의 진심에 서연은 결국 무너지고 말았다. 소리 내어 울고, 아기처럼 안겼다. 로라 여사가 과거 유명한 꽃뱀이었다, 술집 창부였다, 무당이었다 하는 무성한 소문들은 어디까지가 진짜일지 궁금했다. 설백 토박이 중 로라를 모르는 사람은 거의 없었다. 하지만 그녀의 진짜 모습을 아는 사람은 어쩌면 아무도 없을지도 모를 일이었다. 서연은 오랫동안 울음을 멈추지 않았다.

그날 이후 서연은 하루가 멀다 하고 선인 1차 112동 108호에 얼굴도장을 찍었다. 그리고 로라의 탈을 쓴 미숙과 함께 저녁을 먹거나 길고양이를 챙겼다. 미숙이 집에서 아픈 고양이들을 돌보고 있다는 건 서연과 미숙만 아는 비밀이었다. 그녀들은 말보다 행동으로 서로를 대했다. 말 한마디 없이 식사를 하고 청소를 한 날도 있을 정도였다.

그 때문에 미숙에게 다 큰 딸이 있다는 사실을 서연은 그녀가 요양병원에 들어가기 직전에야 알았다. 미숙은 고양이 털 알레르기가 심한 딸이 하나 있다고 고백하며 혹시라도 자신이 아닌 딸이 이곳에 올 경우 고양이 털 청소를 대신 해 달라고 담담하게 부탁했다. 휴대폰 메모장에 동네 길고양이들에 대한 정보가 저장되어 있으니 이따금 챙겨 주면 좋겠다는 바람과 함께였다.

고개를 끄덕인 서연은 미숙에게 어째서 딸과 연락을 끊었는지를 끝까지 묻지 않았다. 미숙이 아무것도 묻지 않고 자신을 품어 준 것처럼, 그저 찬란하게 로라 여사를 향해 고개를 끄덕였다.

무어라 더 말을 하려던 서연이 민지와 함께 입을 다물었다. 어느덧 구름이 완전히 걷히며 천장이 무너져 내린 폐건물 안에 햇살이 들이차기 시작했다. 일시정지 버튼이 눌렸던 영상이 다시 재생을 시작하듯 새들이 지저귀는 소리가 건물 안을 가득 채웠다. 서연의 무릎에 누워 민지를 바라보던 고양이가 눈을 감았다. 녀석은 한껏 편안한 표정으로 서연의 품에 얼굴을 비볐다.

탄광마을
사우나

10

로라케이크

"**야,** 자리 하나도 없대. 어떡해?"

20대 혹은 30대처럼 보이는 여자 한 명이 남탕의 문을 밀고 밖으로 걸어 나왔다. 그녀를 기다리고 있는 건 비슷한 또래로 보이는 다른 여자 두 명이었다. 젊음으로 점철된 싱그러움을 온몸으로 뿜어 대던 그녀들은 자리가 날 때까지 건물 앞에서 줄을 서 보자며 한참을 재잘거렸다. 분홍색 고무장갑을 끼고 현관으로 걸어 나오던 민지가 재빠르게 여탕 안으로 되돌아갔다. 잘되었다 싶으면서도 어딘지 모르게 불편했다. 사우나 홍보를 시작하며 이런 결과를 예상했던 적은 솔직히 단 한 번도 없었다.

바이럴 마케팅을 선택했다. 체험단도 운영하고, 사우나 이용권과 게스트 하우스의 숙박권도 내걸었다. 폐업한 목욕탕을 카페로 개조한 경우가 생각보다 꽤 많아 효과가 있으려나 싶었는데, 개업 초기에 한 인플루언서가 카페를 방문하며 소위 말하는 대박이 터졌다. 그녀는 탄광마을 사우나가 꽤 마음이 들었는지 사우나에서 찍은 아슬아슬한 구도의 사진들을 자신의 SNS에 십여 장 올렸다.

그녀의 사진은 각종 커뮤니티들과 유사 언론에서 유행처럼 소비되었다. 카페가 숨은 티라미수 맛집이라는 입소문이 퍼지기까지는 오랜 시간이 필요하지 않았다. 나이가 든 연인들은 80년대 홍콩 느낌이 물씬 풍기는 게스트 하우스에 대실을 신청했다. 원래는 숙박, 심지어는 장박 용도의 객실들이었지만 정훈은 손님들의 대실 요구를 거절하지 않았다. 감당하기 힘든 수준의 예약이 몰려들자 화수목 주 3일을 휴무일로 만들었다. 어차피 평일에 가게를 찾는 손님들은 지역 주민들이 대부분이었다.

가벽을 밀고 비밀 공간으로 들어선 민지가 철문을 열고 건물 밖으로 빠져나왔다. 차가운 바람이 산신령처럼 나무들을 타고 내려왔다. 더위와 습기가 한순간 사라지고, 시린 공기에 땀이 식었다. 가슴이 뻥 뚫리며 그제야 숨이 쉬어졌다. 방금 전 반짝이던 비누 거품들이 남긴 잔상이 지워지지 않는 기름때처럼 머릿속을 맴돌았다.

사우나에서 빠져나가는 손님들을 본 건 불과 10여 분 전의 일이었다. '여탕'의 기본 이용 시간은 인원수 제한 없는 3시간이었지만, 몇몇 손님들은 이용 안내를 듣지 못한 사람들처럼 4시간, 5시간씩 목욕탕을 이용했다. 이번 손님들 역시 5시간 가까이 목욕탕을 이용한 사람들이었다. 목욕탕에선 비누 냄새가 아닌 향수 냄새가 진동했다. 전기가 온 듯 관자놀이 부근이 지끈거렸다.

간이 사다리를 사용해 창문을 모두 열고 큰 쓰레기들을 정리했다. 비품 창고에서 양동이와 밀대, 락스, 퐁퐁을 꺼내고, 군청색 고무장화와 진분홍색 고무장갑을 착용했다. 내부가 유독 반짝거리는 불투명 유리문을 힘주어 밀었을 때, 민지는 무언가 단단히 잘못되었음을 깨달았다. 목욕탕 안에서는 이제껏 들어 보지 못했던 의성어들이 난무하고 있었다. 소리가 창문 밖으로 빠져나가기라도 할까 무서울 정도로 비누 거품들은 민망한 형태로 목욕탕 안을 굴러다니고 있었다.

방금 전 목욕탕을 빠져나갔던 사람들을 떠올렸다. 남자 네다섯에 여자 서너 명. 정확한 인원수는 기억나지 않았지만 성별이 다른 사람들이 함께 '여탕'에서 나왔던 건 분명했다. 목욕탕을 찾는 이들이 '누구'인지, '왜' 왔는지 궁금해한 적은 한 번도 없었는데, 그럼에도 남녀 혼탕을 운영해도 괜찮은 건지 혼란스러웠다. 증거 영상을 남겨야겠다는 생각으로 휴대폰을 들었다. 한숨이 나오고 심장이 두근거렸다. 목욕탕 문을 어떻게 다시 열어야 할지 마음이 못내 심란했다.

"저기요, 민지 씨?"

정훈이 민지의 어깨를 흔들었다. 하지만 그녀는 마치 혼수상태에 빠진 사람처럼 아무런 대답도 하지 않았다. 잠시 뒤, 깊게 숨을 내쉰 민지가 미간을 찌푸렸다. 오늘따라 눈곱이 많이 끼었는지 눈머리에서 불편한 통증이 느껴졌다.

정훈이 다시 한번 민지를 깨웠다.

"민지 씨, 일어나요. 집에 가야죠."

"가야죠."

허리와 목이 뻐근했다. 수면이 부족한 사람처럼 머리가 아파 왔다. 겨우 자리에 일어나 앉은 민지에게 정훈이 차가운 물 한 잔을 떠 와 내밀었다. 잠시 종이컵을 내려다보던 민지가 두 손으로 머리카락을 쓸어 넘겼다.

"이제 다 끝나신 거예요?"

"마무리하고 가려고 하는데 여탕 불이 켜져 있어서요. 혹시나 하고 들어와 봤는데 깜짝 놀랐어요."

"진짜 최악이죠. 이 건물에서 잠든 것만 벌써 몇 번째야."

"편안하고 내 집 같고 막 그래요? 농담이에요. 그런데 진짜 민지 씨 집이라고 생각하고 편하게 머물러도 돼요. 지금 우리 가게 매출, 사실 민지 씨가 다 만들어 준 거잖아요."

"그럼 성과급도 주실 거예요?"

"성과급이요?"

"저도 농담이에요. 그런데 이렇게까지 잘될 줄은 사실 몰랐어요. 그 인플루언서 찾아가서 선물이라도 줘야 하는 거 아니에요?"

길어지는 대화에 정훈이 맞은편 소파에 자리를 잡고 앉았다. 잠에서 깬 민지가 자리에서 벌떡 일어나지 않는 것을 보니 아마도 할 말이 있는 모양이었다. 상대의 안색을 살피던 정훈이 조심스레 입을 열었다.

"혹시, 할 말 있어요?"

"왜요?"

"있는 것 같아서."

마음은 감출 수 있었지만 궁금한 건 숨길 수 없었다. 민지는 휴대폰을 꺼내 들고 정훈 바로 옆으로 자리를 옮겼다.

"이것 좀 볼래요?"

민지가 재생한 건 사진 앱에 들어 있는 최근 영상이었다. 영상 안엔 리모델링된 사우나와 목욕탕이 10초 남짓한 분량으로 녹화되어 있었다. 휴대폰을 받아 든 정훈이 고개를 갸웃거렸다.

"문제 있어요?"

휴대폰을 다시 받아 든 민지가 빠른 손놀림으로 음량을 높였다. 그런데 소리가 들리지 않았다. 소리뿐만이 아니었다. 분명히 보고 만졌던 하얀 거품들도 하나도 보이지가 않았다.

믿을 수 없는 상황에 민지는 급하게 다른 사진들을 뒤적였다. 몇 번을 되돌아와 영상을 다시 재생해 보았지만 비누 거품은 어디에도 흔적이 없었다.

갈 곳을 잃고 방황하는 민지의 손가락을 본 정훈이 민지에게 조금 더 가까이 다가앉았다. 무엇을 찾고 있기에 이러는 건지 궁금했다. 그녀의 휴대폰 안에선 아직도 텅 빈 목욕탕의 전경이 반복해서 재생되고 있었다.

정훈은 민지 대신 화면을 밀어 사진첩에 저장된 다른 사진을 확인했다. 목욕탕 영상 바로 직전 저장된 사진은 탄광마을 사우나의 시그니처, 로라케이크였다.

실수인 척 손등을 스치며 정훈이 장난스러운 목소리를 꺼내 들었다.

“로라케이크는 왜 찍어 놨어요? 하나 더 먹고 싶어요?”

“그게 아니라, 아까는 분명…….”

“분명, 뭐요?”

“여기 목욕탕에는 반짝거리는 비누 거품들이 있잖아요.”

“비누 거품이요? 청소는 다 한 거 아니었어요?”

알지 못한다.

정훈은 사우나의 비누 거품에 대해 아무것도 모르고 있었다. 예상하지 못했던 상황에 민지는 머릿속이 새하얘지는 걸 느꼈다. 거짓말쟁이에 정신이상자로 내몰렸던 경험은 학창 시절에 썼던 누명들만 해도 충분했다. 현실과 상상을 구분 못 하는 어린아이가 할 법한 이야기를 증거도 없이 시작할 수는 없었다. 뿌리부터 무너질 것 같은 불안감에 점점 호흡이 거칠어졌다. 지금 그녀가 할 수 있는 최선은 이야기의 주제를 돌리는 것뿐이었다.

민지는 서둘러 표정을 바꾸었다.

“여기 로라케이크요. 잘나가니까 신상품을 만들어 보면 어떨까 해서요. 비누 거품 같은 머랭을 얹는다든지 해서.”

"머랭이요? 티라미수 위에 머랭을 얹으라고요?"

"왜요? 이상할 거 같아요?"

"그건 식감부터가 너무 다르잖아요. 그렇다고 맛이 비슷한 것도 아니고."

"커피 맛 머랭도 있잖아요. 잘 어울리지 않을까요?"

"로라케이크가 그렇게 맛있었어요? 그럼 진작 말을 하죠. 민지 씨 먹을 건 언제든지 따로 빼놓을게요."

"아니, 그렇다기보다는……."

민지의 상기된 뺨에 정훈의 숨결이 느껴졌다. 서둘러 다음 말을 고민하던 민지는 손가락을 가만두지 못하고 케이크 사진을 확대했다. '로라케이크'라는 손 글씨가 눈에 들어온 건 정훈의 다음 숨이 목덜미에 닿았을 때였다.

민지가 어색하게 질문을 던졌다.

"그런데 로라케이크는 어쩌다 만들게 된 거예요?"

"로라 여사님을 기리기 위해서요."

"로라 여사님이 누군지 알아요?"

"이 동네 사람이면 모르는 사람이 없을걸요."

"그럼 혹시 나는 누군지 알아요?"

순간 민지와 정훈이 서로를 동시에 바라보았다. 두 뼘 정도 떨어진 거리에서 그들의 눈빛은 다른 온도로 빛을 발하고 있었다.

그런데 정훈의 표정이 미묘하게 달라졌다. 사진으로 찍으면 구분도 가지 않을 차이였지만 민지는 그 변화를 놓치지 않았다. 잠시 말을 잇지 못하던 정훈이 한 걸음 뒤로 물러나 앉으며 손을 저었다.

"자기 가게에서 일하는 아르바이트생을 모르는 사람이 어디 있어요."

"그게 아니고, 제가 누군지 알고 있었냐고요."

"무슨 의미예요?"

"정훈 씨 설백고 나온 거 맞죠?"

하지 말아야 할 말을 꺼낸 것처럼 침묵이 석탄가루처럼 내려앉았다. 오랜 시간 정훈은 입을 열지 못했다. 충분히 얼지 못한 호수 한가운데 돌 하나가 떨어진 것처럼 그들 사이에는 예상치 못한 속도로 균열이 번져 나갔다.

민지는 말을 멈추지 않았다.

"설백고 나온 거 아니에요? 혹시 나 알고 있었어요?"

정훈은 고개를 돌렸다. 민지는 그런 그의 무릎을 신경질적으로 붙들었다.

"고등학생 때부터 나 알았냐고요. 아, 중학생 때인가? 아니면 초등학생? 우리 혹시 동갑이에요? 그쪽, 나 누군지 알죠?"

"공부를 잘해서 알았어요!"

민지의 손을 뿌리치며 정훈이 얼굴을 감싸 쥐었다. 그는 지금 상황을 회피하려는 것 같기도, 할 말을 찾고 있는 것 같기도 했다. 혹여 아는 사람일까 싶어 10년에 가까운 학창 시절을 떠올려 보았지만 생각나는 얼굴이 없었다. 그건 비단 정훈뿐만이 아니었다. 설백에서 연을 맺었던 사람들은 대부분 얼굴이 기억나지 않았다.

고해소 안에 들어가 있는 신부처럼 민지는 고개를 돌리고 상대의 다음 말을 기다렸다. 정훈은 숨을 크게 내쉬고 얼굴을 가린 채로 말을 이었다.

"민지 씨는 고등학교 한 학년 선배였어요. 공부를 잘해서 모를 수가 없었다고요. 학교 동판에 이름이 새겨져 있을 정도니까."

"동판이요?"

"저 졸업하기 직전에 3층 복도에 동판이 걸렸거든요. 성은 선배 아버지가……."

"잠깐. 홍성은? 지금 홍성은 얘기하는 거예요?"

"그러니까……."

"설마 홍성은 후배예요?"

“그때는······.”

“그러니까 지금 그쪽이 홍성은 후배라는 거죠? 그 무리에서 나를 지켜봤다는 말이죠?”

정훈의 얼굴을 가만히 바라보던 민지가 결국 자리에서 벌떡 일어섰다. 홍성은의 후배라는 그를 어떻게 대해야 할지 아무런 생각도 들지 않았다.

고등학생이던 시절, 남들은 어리다지만 결코 어리지만은 않았던 그 시절, 대부분은 민지를 없는 사람 취급했지만 홍성은을 중심으로 한 무리는 민지에게 수치심을 불러일으킬 만한 괴롭힘을 꾸준히 일삼았다. 화장실에 들어가 있으면 옆 칸을 타고 올라와 낄낄거렸고, 브래지어 후크를 망가뜨려 가슴을 웅크리고 다니게 만들었다. 등하교를 할 때 오토바이 몇 대를 중심으로 둥그렇게 서 있던 패거리가 떠올랐다. 그 안에 정훈이 있었다고 생각하니 그를 더 이상 마주 보고 앉아 있을 자신이 없었다. 민지에게 학창 시절이란 도려낼 수만 있다면 머리통 절반을 떼어 내서라도 지우고 싶은 기억이었다. 화로 속 고구마처럼 얼굴이 붉어진 민지가 몸을 틀었다. 한시라도 빨리 이 장소에서 벗어나고 싶었다.

그렇게 한 걸음을 떼려는 찰나, 정훈이 민지의 손목을

붙잡았다. 차가운 팔목에 뜨거운 손바닥이 맞닿았다. 정훈은 고개를 들지 못했다.

"그런데 로라 여사님은 민지 씨랑 진짜 아무 관계가 없어요. 아니, 모녀지간이니 관계가 전혀 없다고 말할 수는 없겠지만, 그래도 지금 그쪽이 생각하는 그런 게 아니에요. 티라미수는 로라 여사님을 추모하기 위해서 만든 거예요. 내가, 아니 우리가 로라 여사님한테 진 빚이 있어서."

어금니를 꽉 문 민지가 거칠게 숨을 골랐다. 당장이라도 손을 뿌리치고 싶었지만 그 빚이라는 게 무엇인지 뒷이야기가 궁금했다. 그럼에도 빨리 말을 해 보라고 재촉을 할 수는 없어 상대의 힘을 못 이기는 척 팔에 힘을 뺐다. 정훈은 말을 잇는 도중에도 민지의 팔목을 붙잡은 손을 놓지 않았다.

"선인면 뒷산 중턱에 폐건물 하나가 있어요. 가정집은 아니고, 과거 사우나로 사용했던 건물이요. 선인 1차 뒷길로도 갈 수 있고요."

예상하지 못했던 말이었다. 민지는 정훈을 내려다보았다. 그는 바닥을 응시한 채 조금씩 떨고 있었다.

"고등학교 시절 기억나요? 지금은 여기저기서 통폐합되어 명문 비스무리하게 포장되어 있지만 그때는 솔직히 개판이었잖아요. 공부하는 애들은 몇 명 없고, 여자고 남자고 교칙 어겨서 교문 앞에 엎드려 줄줄이 얻어맞는 게 일상이었고."

그런 시절이었다. 지금은 누구도 문제 삼지 않는 교복 착장을 신경 써야 했고, 두발 규정을 준수해야 했다. 그럼에도 남학생들은 피가 통하지 않을 정도로 좁은 바지통에 다리를 쑤셔 넣었고, 여학생들은 엉덩이가 보일 정도로 교복 치마를 짧게 줄여 입었다. 오토바이를 타고 등하교를 하다 야구 배트로 허벅지를 맞는 친구들이 하루걸러 하루마다 생겨났다. 수십 명이 담을 넘어 슈퍼마켓에 갔다. 선생님들의 감시가 소홀한 틈을 노려 야자 시간에 학교를 빠져나왔다. 무슨 이유에서인지 갑자기 학교를 그만두는 친구들이 한 달에 한 명 정도는 있었다. 누가 소년원에 갔다, 누가 아이를 낳았다더라 하는 소문들을 심심치 않게 듣곤 했던 학창 시절이었다. 대도시에 사는 학군지 아이들은 상상도 못 할 일들이 매일 발생하는 이곳은, 어른들의 표현을 빌면 참 대애단한 똥통 학교였다.

그런 학교에서 사교육 없이 서울에 있는 대학에 진학하기란 흙수저가 근로소득만으로 강남 아파트를 장만하는 정도의 노력이 필요한 일이었다. 그래서 민지가 서울에 있는 내로라하는 대학에 진학했을 때 학교 정문에는 커다란 플래카드가 걸렸다.

'자랑스러운 설백인, 김민지! ○○대학교 합격!'

플래카드를 본 그녀는 다시는 고등학교를 찾지 않았다. '자랑스러운 설백인'이란 문구가 자랑스럽지 않았다. 졸업식 역시 남들의 행사였기에, 슬퍼하지도 아쉬워하지도 않고 처음부터 없었던 것처럼 건너뛰었다.

"그곳에서 문을 걸어 잠그고, 술도 마시고, 담배도 피우고. 그러다 누가 번개탄을 무더기로 태웠나 봐요. 원래대로라면 문을 열고 환기를 했어야 하지만 그러기엔 다들 너무 엉망으로 취해 있어서. 아마 30명인가 40명인가 있었을 거예요. 말씀하신 패거리가. 그 사우나 안에. 멍청한 놈들이 죽어 가는 줄도 모르고,"

입이 떨어지지 않았다. 편도가 잘려 목소리를 아예 잃어버린 기분이었다.

"그때 저희를 구해 준 분이 로라 여사님이세요. 안쪽에서 문을 걸어 잠가 열리지 않자 지붕으로 기어 올라가 도끼로 나무 합판을 내리찍으셨대요. 그 건물이 지붕은 목재

였거든요. 도끼질을 하다 꽝꽝 언 얼음 때문에 1층으로 떨어지셨는데, 부러진 발목을 끌고 올라가 결국 혼자 지붕을 부수는 데 성공하셨어요. 어떻게 한 건지는 지금도 모르겠지만 우리가 낸 불도 꺼 주시고. 그때가 저 수능 보고 나서, 그러니까 아직 고 3 때였나.”

다 큰 줄 알았지만 실제로는 한없이 어리기만 했던 그 시절로 시간의 태엽을 천천히 감았다. 대학 1학년, 제 몸 하나 건사하지 못해 끝없는 자책과 한없는 우울을 마음에 품고 매일을 버텨 내던 시기. 설백 같은 깡촌에서 가난하게 태어난 스스로가 불쌍하다며 끝 모를 연민을 품고 있던 그 시간에 엄마는 고등학생 30여 명의 목숨을 구해 냈다, 는 이야기를 정훈은 하고 있었다. 그의 말이 사실이라면 정훈은, 그리고 먼 과거에 이미 세상을 떠났을 수도 있는 나쁜 놈들 수십 명은 온전히 엄마 덕에 아직도 숨을 쉬고 있었다.

“강대병원까지 실려 갔다가 집으로 돌아온 날이었어요. 아버지가 부엌에서 강소주를 드시고 계시더라고요. 안주도 하나 없이. 사고깨나 치고 다녔던 10대답게 얼른 상황 파악부터 하고 무릎을 꿇었는데요. 그런데요. 아버지가 우시더라고요. 아이처럼 엉엉 소리까지 내면서. 태어나서 아빠가 우는 걸 처음 본 날이라서 내가 잘못했다, 앞으로는 제대로 살겠다, 하면서 싹싹 빌었는데요. 아버지가 무릎을 꿇으셨어요. 미안하다고, 잘못했다고, 내가 죽일 놈이라고. 그게 저한테 한 말이 아니었다는 건 다음 날에야 알았어요. 로라 여사님 댁에 끌려갔거든요. 저는 감사 인사를 드리러, 아버지는 용서를 빌기 위해.”

손목을 감싸 쥔 정훈의 손바닥이 점점 더 뜨거워졌다. 불덩이처럼 붉어진 그의 귓불을 내려다보며 민지는 주저앉지 않기 위해 무릎에 힘을 주었다.

“그때 처음 알았어요. 우리 아버지가 방관자였다는 걸.”

“무슨 말이에요?”

정훈은 고개를 들어 민지의 얼굴을 바라보았다. 민지는 그의 눈길을 피하지 않았다.

“아버지는 자신이 춤을 추라고 강요한 사람은 아니었다 해도 말릴 시도조차 하지 않았었다며, 로라 여사님께 당신을 용서해 달라고 하셨어요. 그날은 이상하게 바닥이 미끄러웠다고, 그 사실을 알고 있으면서도 다른 이들처럼 입을 다물었다고.”

정훈의 얼굴 위로 서연의 얼굴이 드리웠다. 목욕탕 타일 위에서 벌거벗고 춤을 췄다는 난쟁이의 모습이 눈앞에 있는 듯 생생하게 그려졌다.

"부군의 죽음에 죄가 있는 사람들을 모두 끌고 오겠다고 소리치던 아버지의 얼굴을 잊을 수가 없어요. 그런 아버지를 바라보던 로라 여사님의 눈빛도, 아무 말도 하지 못하고 죄인처럼 서 있었던 제 자신도."

침묵은 아무런 일도 해결해 주지 못했다. 치료 없이 방치된 상처는 곪거나 썩었다. 엄마의 가슴에 응어리진 상처는 과연 아물었을까, 를 생각하다 민지는 정훈의 손을 강하게 뿌리쳤다. 차가운 공기 한 모금이 그 어느 때보다 간절했다. 신발을 신는 동작, 문을 여는 행위 등이 블랙아웃된 것처럼 기억나지 않았다. 검푸른 멍이 든 듯 가슴이 무거워졌다. 너무 오랜만에 엄마, 아빠가 보고 싶었다.

선인면에 눈이 내렸다. 눈이 시렸다.

탄광마을
사우나

탄광마을
사우나

11

위클래스

"어머, 죄송해요!"

'여탕'의 문을 열고 안으로 들어가던 민지가 소스라치게 놀라며 신발을 찾았다. 난방 온도를 한껏 높여 놓은 응접실에는 벌거벗은 채 선풍기 바람을 쐬고 있는 할머니 한 명이 앉아 있었다.

그 일이 있은 후에도 민지는 사우나로 출근하는 일을 멈추지 않았다. '미성년 민지'를 타인으로 둔갑시켜 가슴 깊은 곳에 묻어 놓았기에 가능한 단단함이었다.

굳이 정훈을 마주하지 않고도 청소 업무가 가능하다는 것도 또 다른 이유였다. 그날 이후 정훈은 '남탕'에서 '여탕'으로 넘어가지 않았다. 접수는 온라인이나 유선으로만 받았고, 민지는 예약을 직접 확인해 일정을 관리했다.

기본 시급에 청소 요금을 더한 주급은 매주 통장으로 입금되었다. 이전과 같이 민지와 정훈은 하나의 메일 계정을 같이 사용하며 사우나 운영에 필요한 업무를 보았다. 달라진 건 아무것도 없었다. 카페는 여전히 잘되고 있었고, 사우나도 비는 타임이 많지 않았다. 심지어는 게스트 하우스를 찾는 손님들도 간간히 있었다. 특이 취향으로 설백에서 잠을 청하는 외지인들은 탄광마을 사우나의 게스트 하우스에서 폐광촌의 고요함을 온몸으로 만끽했다.

할머니는 민지를 향해 손을 내저었다. 그녀는 밖으로 나가려고 하는 민지를 큰 목소리로 불러 세웠다.

"아유, 아니에요. 잘 들어왔어. 시간 있으면 들어온 김에 말동무 좀 해 줄 수 있어요?"

온몸의 근육들은 힘없이 처져 있었지만 인상만큼은 경쾌하고 맑은 노인이었다. 저런 특유의 여유는 민지가 평생을 노력한다 해도 결코 가질 수 없을 타고난 기질이었다.

노인은 소파 옆에 놓아두었던 가운을 챙겨 입더니 정수기에서 따뜻한 차 한 잔을 타서 돌아왔다. 할머니는 민지 앞에 조심스럽게 차를 내려놓았다.

"한잔 들어요. 내가 워낙 티백을 여러 개 챙겨 다녀서."

"고맙습니다. 덕분에 손이 따뜻해졌어요."

"아유, 말도 참 예쁘게 하네. 그런데 목욕탕엔 무슨 일로 왔어요? 여긴 예약제라는데."

"여기에서 청소 아르바이트를 해요. 이용 시간이 끝나신 줄 착각하고 들어왔어요."

"어머, 오늘 아침에 등기가 온다고 해서 어젯밤에 이용 시간을 2시간 늦췄는데. 내가 시간을 너무 늦게 바꿨나요? 아니면 제대로 못 한 건가?"

"아니에요. 제가 제대로 못 챙긴 것 같아요. 죄송해요. 어떻게, 목욕은 잘 하셨어요?"

사우나를 끝낸 지 오래되지 않았는지 할머니의 두 뺨은 발그레하게 상기되어 있었다. 노인은 애정이 담긴 눈빛으로 민지를 바라보았다.

"말을 정말 예쁘게 하네. 이해해 줘요. 내가 예전에 애들을 가르쳤던 사람이라 어린 친구들한테 관심이 많아요."

"저도 어린 친구에 포함이 되나요?"

"그럼요. 어리고말고. 정년 퇴임한 지 10년도 훌쩍 넘은 내 눈엔 너무나 예쁜 젊은이죠."

"거짓말. 그것보다 훨씬 젊어 보이세요. 여기는 혼자 오셨어요?"

"왜요. 친구도 없다고 놀리게?"

"그게 아니라."

"아유, 농담 좀 했어요. 젊은 아가씨랑 분위기 좀 풀어 보려고."

민지는 손을 내저었다.

"그게 아니라, 혼자 오기엔 너무 비싸잖아요. 목욕탕 몇 시간에 수십만 원 내라면 저는 못 해요. 아무리 특급 호텔이라도."

"그렇게 생각할 수도 있는데, 내 나이 되어서도 호기심이 많은 사람들은 이런 거 저런 거 다 해 보고 싶어 한답니다. 집도 있어, 연금도 나와. 없는 건 가족하고 젊음뿐인데 더 나이 들기 전에 안 해 본 건 다 해 보고 싶어서요. 저승에 돈다발 싸 들고 갈 수 있는 것도 아니고."

"혼자 지내세요?"

"남편은 돌아가시고 자식은 멀리 살아서. 그래도 여기 오니 좋네요. 설백은 애 울음소리는커녕 젊은 사람 얼굴 한번 보기 힘든 동네인데. 여기 카페는 젊은이들이 많더라고."

미소 가득한 얼굴로 이야기를 경청하던 민지가 노인의

얼굴을 찬찬히 살펴보았다. 선생님이었다는 말이 못내 마음에 걸렸다. 모교의 선생님이었다면 낯이 익어야 할 것 같은데 아무리 봐도 확신이 들지 않았다.

노인 역시 민지의 얼굴을 살피는 듯했다. 그녀는 무언가를 이야기하려다 말고 주제를 바꾸어 다른 이야기를 꺼냈다.

"나 일하던 학교엔 샤워실이 있었어요. 제2외국어 협의실 뒤쪽에 널찍한 무용실이 있었는데, 그 뒤에 절벽을 마주 보고 작은 샤워실이 있었어. 그 옆에 마사지실이 있었거든요? 여자 선생들끼리 시간을 맞춰서 일주일에 한 번씩 무용 선생한테 레슨을 받고, 마사지실에 들어가 마사지도 받고. 그 순간이 얼마나 행복하던지요. 여기 들어오자마자 그때 생각이 나면서 마사지실도 같이 있었으면 좋겠다 싶었어요."

"제가 졸업한 고등학교에도 무용실이 있었어요. 무용 수업은 없었지만."

"어머, 혹시 설백고 졸업생이에요?"

"설백고 선생님이셨어요?"

"나 거기서 프랑스어 선생님 했어요. 무용 선생님은 무용 교과가 없어지면서 영어 가르쳤지만. 부전공이 영어였다고 하더라고."

미소를 유지하던 민지의 얼굴이 반가움과 불편함을 담아 애매하게 일그러졌다. 제2외국어가 중국어였던 그녀가 프랑스어 선생님을 알아보지 못하는 건 당연했다. 민지는 방금 전 노인이 그랬던 것처럼 대화의 주제를 급하게 돌렸다.

"마사지는 어떻게 받으셨어요?"

"공인된 마사지사는 아니었지만 무용 선생님이 압을 참 잘 눌렀거든요. 그리고 사실 수다를 떠는 게 더 좋았어요. 속마음을 털어놓고 또 들으면서 서로 마음속에 묵혀 놨던 응어리들을 조금씩 풀었지. 옛날 선생님이라고 하면 다 좋았을 것 같죠? 다른 곳은 어땠을지 몰라도, 탄광촌에서 일하는 여자로 산다는 게 어떤 건지는 아무리 말해도 모를 거예요. 당해 보지 않은 사람은 아무도 몰라."

당연히 모를 수밖에 없었다. 심지어는 평생을 지켜본 엄마의 사정조차 민지는 알지 못했다. 존재하는지도 몰랐던 폐건물에서 불량 학생 수십 명을 구해 낸 엄마의 사연을, 그 심정을 민지는 알지 못했다. 지금조차도 알 수 없었다.

노인은 다리를 꼬며 주위를 두리번거렸다. 차가 담긴 종이컵을 든 손가락 위에서 알이 굵은 반지가 반짝거렸다.

"여기에도 마사지실이 있으면 좋지 않을까요? 그래도

찾는 사람들이 있을 거 같은데."

"제가 사장이 아니라 아르바이트생이어서요."

"그래도 한번 생각해 봐요. 실무자잖아. 실무자 하니까 생각나는데, 무용실이 폐쇄되던 날 무용 선생님이 사라졌어요. 공식적인 퇴직 사유는 일신상의 사유인데, 아무리 생각해도 이상했어. 학기 중에 인사도 없이 사라지는 선생님은 흔치 않던 시절이었으니까. 그것뿐만이 아니라 무용실 옆 샤워실하고 마사지실도 아주 엉망이 되어 있더라고요. 꼭 누가 일부러 부숴 놓은 것처럼. 그것 가지고 사람들이 얼마나 쑥덕거렸던지요. 혹시 샤워실 바닥에 돈 묻어 놨다 도망간 거 아니냐고. 우리는 계도 하고 있었거든. 그런데 계주가 도망가는 일은 또 흔한 일이었지. 어머, 내 정신 좀 봐. 내가 별 이야기를 다 한다. 지금 들은 얘기는 못 들은 걸로 해 줘요. 늙으니까 노망이 났나 봐."

민지가 다시 사람 좋은 미소를 지어 보이며 노인을 향해 고개를 끄덕였다. 설백고에 샤워를 할 수 있는 공간이 있었다는 이야기는 오래전 졸업한 지금까지도 금시초문이었다.

몸이 더 커진 건 아니었지만 학교에 가는 길은 예전보다 좁아 보였다. 민지는 졸업한 햇수를 손가락으로 세어 보다 그만두었다. 나이나 학년을 칼같이 기억하고 다녔던 시간들이 전생처럼 느껴졌다. 이제는 누가 몇 살인지를 물어도 바로 답이 나오지 않았다. 날짜를 세는 것보다 계절의 변화가 중요해졌다. 쳇바퀴 같은 삶을 사는 선생님들이 새삼 대단해 보였다. 작년에도 열일곱을, 올해도 열일곱을 만나는 그들은 나이가 들어 가는 건 오직 거울 속에 비친 자신뿐이라는 사실을 매일 맞닥뜨린다. 결국 죽어야 끝이 나는 지겨운 게임 속에서 범부인 '나'는 속절없이 늙어 간다. 안락한 노후를 인생의 유일한 목표로 설정하고 달려가는 오늘이 어쩐지 서글펐다. 누군가는 자라는데 자신은 늙어 간다. 인생이란 태초부터 지겹고 지루한 육성게임이었다. 정신을 차릴 수 없이 바쁘거나 숨을 쉬기 힘들 정도로 절박하지 않으면 어느 한 순간 바닥까지 무너질 수밖에 없는 오류투성이 코딩이었다.

정문은 닫혀 있었다. 수위실의 창문을 두드린 민지가 방명록에 이름을 작성했다. 다행인지, 모교에는 아직도 고 3 담임선생님이 근무를 하고 있었다. 정문 안으로 내디딘 발걸음이 못내 어색했다. 어색함의 이유는 어쩌면 정문의 위치 때문일지도 몰랐다. 학교는 운동장을 뚝 떼어 내어 유료 주차장을 만들었다. 바뀐 정문 옆에 세워진 카드 결제 주차

차단기를 바라보던 민지가 헛웃음을 밭았다. 그때나 지금이나 설백고의 재단 사람들은 참 한결같았다.

희뿌연 모래가 사라진 자리는 연두색 인조 잔디가 대신했다. 느린 걸음으로 언덕을 오르던 민지는 크게 숨을 내쉬며 자리에 멈춰 섰다. 운동장의 구조는 바뀌어도 학교를 둘러싼 풍경들은 바뀌지 않았다. 서울로 가는 길을 가로막은 거대한 산맥들에 숨이 막혔다. 태백산, 소백산, 태화산, 가리왕산. 수많은 산들에 둘러싸인 채로 10대를 버텨 낸 결과는 서울이었다. 인생의 목표로 과연 서울이 최선이었을까 생각하다 고개를 저었다. 본관 쪽으로 몸을 틀었다. 학교에는 확인하고 싶은 것들이 있었다.

본관 1층의 현관문을 열었다. 기다란 수조는 20년 가까이 그 자리에 있었다. 이름도 모르는 열대어들을 구경하던 민지가 어깨를 부르르 떨었다. 복도를 가득 채운 여과기 소리가 스산했다. 본능적으로 밖으로 다시 나가고 싶다는 생각을 하는데 복도를 울리는 발소리가 들려왔다. 통굽 슬리퍼를 신은 담임선생님이 보였다. 민지는 전혀 그립지 않았던 고 3 담임선생님을 향해 허리를 숙여 인사를 했다.

"김민지?"

선생님의 표정은 민지와 달리 반가워 보였다. 서둘러 사회생활용 미소를 장착한 민지가 선생님을 향해 살가운 인사를 건넸다. 씁쓸하지만 이제는 원할 때마다 자유롭게 꺼내어 쓸 수 있게 된 어른 가면이었다.

"제가 너무 오랜만에 찾아왔죠. 그동안 잘 지내셨어요?"

"나야 늘 똑같지. 너는 어때. 어떻게, 결혼은 했어?"

이토록 오랜만에 만나 처음 묻는 안부가 결혼 여부라는 사실에 기가 찼지만 그보다 나은 인사말을 찾기도 어려운 게 현실일지도 몰랐다. 상대가 하는 말이 진짜 궁금해서 묻는 질문이 아니라는 걸 민지는 이제 잘 알고 있었다.

손에 들고 있던 롤케이크를 건네자 선생님은 쇼핑백 안을 들여다보며 함박 미소를 지어 보였다.

"어머, 이런 거 안 사 와도 되는데. 오랜만에 보니 정말 반갑다, 얘. 안 그래도 네 친구들 몇 달 전에 왔다 갔어."

활짝 웃고 있던 민지의 얼굴이 일그러지기까지는 오랜 시간이 걸리지 않았다. 치료받지 못한 트라우마에는 두꺼운 어른 가면도 힘을 발휘하지 못했다. 학창 시절의 민지에게 친구가 없었다는 사실을 선생님은 정말 모르고 있는 걸까, 궁금했다. 물론 수백, 수천 명의 학생들을 가르치다 보면 학생 한 명 같은 건 깜빡할 수도 있는 일이겠지만, 그래도 그래서는 안 될 것 같았다. 상대는 아이들을 가르치는 선생님이었다.

자연스러운 대화를 이어 나가는 건 예상했던 것처럼 어려운 일이었다. 새 대화 주제를 찾아내려 애쓰던 민지가 결국 다시 한번 안부를 물었다.

"잘 지내셨죠?"

"그럼, 잘 지냈지. 너도 이제 나이가 들어 가는구나. 새치도 보이고."

민지는 헛헛한 미소를 지었다. 선생님도 할 말이 없구나 싶은 생각이 들자 오히려 마음이 편안해졌다. 어쩌면 선생님은 찾아오지 말라는 말을 차마 꺼내지 못해 어쩔 수 없이 제자들을 만나고 있는 것일지도 몰랐다.

선생님의 얼굴을 다시 찬찬히 뜯어보았다. 자세히 보니 활짝 웃고 있는 입매와는 달리 주름진 눈가에선 반가움이 전혀 느껴지지 않았다.

"교무실에 들어가서 얘기를 하면 좋은데, 지금 학교가 그럴 분위기가 아니라서. 또 사고가 터졌지 뭐야."

선생님은 민지의 팔을 붙들고 현관으로 향했다. 민지는 그런 선생님의 손이 닿은 팔에 체중을 실으며 걸음의 속도를 억지로 늦췄다. 현관문을 활짝 연 선생님은 난감한 표정을 지으며 교사 특유의 설득하는 듯한 어투를 꺼내 들었다.

"아무래도 학교는 힘들 것 같고. 우리 정문 옆에 있는 카페라도 갈래? 그래, 맞다. 너는 거기 카페 모르겠구나. 정말 오래 살고 볼 일 아니니? 설고 근처에 카페가 생기다니."

"학교에 무슨 일이 있어요?"

"오랜만에 찾아온 졸업생한테 할 얘기는 아니고. 그나저나 정말 오랜만이다, 얘. 10년, 아니, 10년이 뭐야, 거의 20년 다 되어 가지?"

민지는 그저 고개를 끄덕였다. 어차피 타인들의 사정이었고, 내막을 알아도 끼어들 수 없는 가십이었다. 말을 옮기고 동조하며 생기는 관계의 효능을 부정하는 건 아니었지만, 그 공감대를 굳이 고 3 담임선생님과 형성하고 싶지는 않았다. 고개를 깊게 끄덕인 민지가 빙긋이 미소를 지어 보였다. 민지는 자리에 멈춰 서서 자연스럽게 팔짱을 빼내는 것도 잊지 않았다.

그리고 동판에 대해 물었다.

"선생님, 혹시 학교에 동판이 있어요?"

"동판? 무슨 동판?"

"졸업한 학생들 이름이 적혀 있다든가 하는 거요."

"학생들 이름이 적혀 있다고? 아, 혹시 30주년 기념 동판? 어머, 그거 꽤 오래된 건데. 네가 그걸 못 봤구나. 3층

계단 바로 앞에 걸려 있어. 어떻게, 올라가서 동판만 보고 갈래?”

“혹시 거기에 졸업생들 이름도 새겨 놨어요?”

“그래. 너 졸업하고 얼마 안 되어 만들었지, 아마? 초대 이사장님 초상화랑 역대 이사장님들, 교장선생님들 존함, 그리고 연도 별로 네댓 명 정도씩 좋은 대학 간 학생들 이름들을 동판에 새겨 놨어. ‘자랑스러운 설백인’ 해서. 크기는 또 얼마나 크다고. 거기 네 이름도 있어서 내가 후배들한테 네 자랑 엄청 했다, 얘. 어쭙잖게 환경 탓하지 말라고. 결국 공부는 엉덩이 싸움이라고.”

억지로 미소를 짓고 있던 민지의 표정이 결국 딱딱하게 굳어 버렸다. 담담해지려 애써 노력했지만 환경 탓이라는 표현에 피할 길 없이 긁히고 말았다. 무슨 환경을 어떻게 얘기했을지 묻지 않아도 들은 것 같았다. 깊은 절망과 케케묵은 분노가 동시에 찾아왔다. 예민하고 방어적일 수밖에 없는 10대 시절을 괴롭힘을 당하며 보낸 담임반 학생에 대해 선생님은 어떻게 기억하고 있을지 궁금했다.

몰랐을 리는 없으니 알면서도 신경을 쓰지 않은 게 분명했다. 어떻게 그럴 수 있었는지를 따져 물으려다 선생님도 그저 월급이 목적인 직장인일 뿐이었다는 생각에 깊은 좌절감이 몰려왔다. 자신은 돈 때문에 회사를 다녔을지라도 선생님은 사명감을 갖고 일을 했어야 하는 것 아닌가 싶어 괴로웠다. 아닌 척해도 자신 역시 내로남불을 외치는 어른이 되었다는 기시감을 피할 도리가 없었다. 사과를 바라는 것 또한 욕심이겠지 하는 생각에 우울해지려는 찰나, 또다시 서운함이 단전에서부터 치밀어 올랐다. 그래도 미성년자를 대하는 직업을 가진 사람들은 마음가짐부터가 달라야 한다고 생각했다. 아이들을 상대하기로 결심했으면 그에 준하는 직업윤리를 장착하고 일을 하는 게 옳았다. 그래야 한다고 생각했다. 그 때문인지 선생님이 끝내 불편하게 느껴졌다. 동판도, 샤워실 자리도 오늘은 확인하기 힘들지 싶었다.

현관 밖으로 나가 고개를 돌렸다. 선생님과 굳이 카페까지 가야 할까 하는 생각이 들었다. 그 순간, 텅 빈 운동장 옆 돌계단에 앉아 있는 학생 하나가 눈에 들어왔다. 설마 하는 생각이 들어 눈을 가늘게 떠 보는데 팔짱을 낀 담임 선생님이 민지의 옆자리에 멈추어 섰다.『수능특강』에 있는 지문도 시만큼은 천천히 낭독하던 선생님의 목소리가 허연 먼지처럼 느리게 나부꼈다.

"오늘도 저러고 있네. 아무리 학교에서 출결을 인정해

준다고 했다지만 저건 아닌데.”

몽실몽실한 작은 점의 초점이 점점 선명해졌다. 아무도 없는 폐건물에 홀로 앉아 있던 서연의 옆모습이 마치 한 장면인 듯 하나로 겹쳐졌다.

민지는 서연에게서 눈을 떼지 않으며 입을 열었다. 체육 시간도 아닌 것 같은데 아이가 교실 밖에 혼자 앉아 있는 상황이 이해가 가지 않았다.

“저 친구는 왜 저기 앉아 있어요?”

“그게, 일이 좀 있었어. 그래도 자꾸 이러면 안 되는데.”

무슨 놈의 고등학교에 이렇게 비밀이 많은 것이냐고 묻고 싶었지만 묻지 않았다. 죽은 이의 집을 청소하는 행위도, 폐허가 된 목욕탕에 혼자 앉아 있는 것도, 생각해 보면 이상한 건 학교가 아닌 서연일지도 모를 일이었다.

따뜻한 커피 한 모금을 들이마신 민지가 화들짝 놀라며 몸을 떨었다. 정신을 차려 보니 낯선 카페에 앉아 있었다. 어느새 어른 가면을 얼굴에 다시 쓴 그녀는 따뜻한 커피에 케이크까지 앞에 둔 채 하하호호 웃음을 터뜨리며 담임선생님과 담소를 나누고 있었다.

“여기서 뭐 해?”

외부인의 갑작스런 등장에도 서연은 별다른 반응을 보이지 않았다. 자신을 부른 사람이 누구인지 알고 있거나 모른다 하더라도 궁금하지 않은 게 분명했다. 교복에 붙어 있는 하얀 털들을 본 민지가 서연으로부터 서너 걸음 떨어진 위치에 자리를 잡고 앉았다. 한 번도 그리운 적 없었던 담임선생님과 카페까지 다녀왔을 정도로 긴 시간이 흘렀지만 서연은 아직도 돌계단에 소금 기둥처럼 앉아 있었다.

구름 한 점 없는 맑은 날씨였다. 칼을 품은 찬 바람이 부끄러운 줄도 모르고 목덜미로 파고들었다. 어깨를 움츠린 민지는 서연을 향해 고개를 돌렸다. 패딩조차 걸치지 않은 아이는 미동도 없이 앉아 있었다. 숨을 쉴 때마다 나오는 하얀 입김이 아니면 앉은 채로 죽어 버린 건 아닐까 의심이 될 정도였다.

어쩐지 익숙한 장면에 민지는 운동장 방향으로 고개를 돌렸다.

"밥은 먹었어?"

여전히 답은 없었다. 바람에 흔들리는 나뭇잎 소리가 적막한 운동장을 가득 채웠다. 민지는 포기하지 않고 서연에게 다시 말을 걸었다.

"못 들었어? 어른이 물어봤잖아. 점심은 먹었니?"

“가던 길 가세요.”

예의를 덜어 낸 무례함이었다. 불쾌하면서도 안쓰러웠다. 아이가 이렇게 될 때까지 어른들은 서연을 멋대로 판단하고 미운털을 박았을 테다. 하나의 우주가 마음의 문을 닫을 때까지 상황을 방치한 어른들을 한 명씩 찾아내 화를 내고 싶었다. 해결할 수 없는 문제를 안고 사는 건 가슴에 무거운 돌덩이 하나를 들여놓는 행위였다. 짐짓 아무렇지도 않은 척 민지가 목소리를 가다듬었다.

“어떻게 그냥 가? 수업 시간에 땡땡이치고 있는 학생을 발견했는데.”

“뭐래.”

“한 번 더 말해 줘?”

“언니 뭐 돼요? 언니 일 아니잖아요. 그냥 지나가세요.”

“재밌네. 새파랗게 어린 꼬맹이한테 지나가란 소리나 듣고. 그런데 잘 생각해 봐. 아예 모르는 사람 일은 아니잖아? 그리고 나이가 들면 원래 오지랖이 넓어져. 동네 할머니들 좀 봐 봐. 온갖 동네일에 다 참견하고 다니지? 도와줄 것도 아니면서 여기 감 놔라, 저기 배 놔라. 그게 다 나이가 들어서 그런 거야. 구질구질하다고 생각해도 어쩔 수 없어. 너도 나이가 들면 그렇게 변할 거니까.”

"아니요. 모르는 사람 일 맞아요. 혹시 내가 로라 여사님 물건이라도 훔쳐 갔을까 봐 그래요? 나 아무것도 안 훔쳤어요. 그러니까 나한테 관심 꺼요."

"내가 언제 돈 훔쳐 갔대?"

물론 그런 생각을 해 보지 않은 건 아니었다. 하지만 서연에 대한 의심을 할 때마다 죄책감이 찾아왔다. 어쩌면 그건 20년 전 자신의 모습을 마주하고 있어서일지도 몰랐다. 되바라진 아이에게 마음이 쓰였다. 고양이 털까지 묻히고 다니는데도 자꾸 그랬다.

윗사람에게 대드는 건 어렵지 않았지만 아랫사람을 모질게 대하는 건 불편할 새도 없이 버거웠다. 엄마에게 소리를 질렀던 성질로, 부장님께 또박또박 말대답을 하던 기세로 몰아붙이면 질 것 같지는 않았지만 그러고 싶지가 않았다. 가뜩이나 상처투성이인 아이가 추가적으로 받을 상처가 염려되기도 했고, 더 솔직하게는 불편하면서도 깊은 관계를 더 만들고 싶지 않았다.

시간은 바람처럼 흘러갔다. 그 찰나를 붙잡을 방법은 어디에도 없었다.

대화의 공통분모를 찾아보려 노력했지만 쉽지 않았다. 민지는 학교를 졸업한 지가 너무 오래되었고, 서연은 알고 보면 별것 없는 어른들의 세계를 아직 겪어 보지 못했다. 그녀들 사이에 접점이라고는 김미숙 씨가 유일했는데 그 얘기만큼은 입에 담고 싶지가 않았다. 이런저런 생각들을 하는 사이 정돈되지 않은 말이 입에서 튀어 나왔다. 사실 깊게 생각을 하고 말을 꺼낸다 해도 배려가 될지 상처가 될지는 알 수 없었다.

"상담 선생님은 찾아가 봤어? 요즘 학교들엔 상담 선생님이 다 있잖아."

"왜요? 국어한테 무슨 얘기 들었어요?"

"얘기야 많이 들었지. 별로 궁금하지 않은 사람들 이야기만 잔뜩 늘어놔서 문제였지만."

"뭐랬는데요?"

감정이 없어 보였던 아이의 표정에 일말의 궁금증이 서렸다. 생명력 한 줌을 불어넣은 것 같은 얼굴에 민지는 이전보다 신중하게 단어를 골라 말을 꺼냈다.

"그냥. 동창들이 무슨 일 하며 살고 있는지, 어디에 살고 있는지, 그런 거. 누구는 어디에 취업을 했다, 누구는 아이가 벌써 초등학교를 졸업했다더라, 그런 얘기."

"제 얘기는요?"

"안 하던데? 그래서 왔어. 궁금하기도 하고, 걱정도 되고, 그래서. 학생이 수업 시간에 운동장에 혼자 나와 있는 게 평범한 일은 아니잖아."

"그냥 교실에 있기 싫어서 나왔어요."

"애들 때문이지? 공부 때문은 아닐 거니까. 그래도 세상 참 많이 좋아졌다, 야. 나는 그렇게 왕따를 당하면서도 끝까지 교실에 붙어 있어야 했는데."

왕따라는 단어에 서연이 손끝을 움찔거렸다. 단단하게 굳어 있던 경계심이 아주 조금 녹아내린 분위기였다. 아이의 마음이 움직였다는 걸 눈치챘지만 민지는 서연과 눈을 마주치지 않았다. 섣불리 다가가면 도망가 버릴 거라는 걸 민지는 누구보다도 잘 알고 있었다.

"학교에 무슨 내 이름이 새겨져 있다던데. 너도 알고 있었니? 진짜 죽을 것 같을 때는 끝까지 모른 척하더니, 정말 웃기지. 어떻게든 이 산골에서 벗어나 보겠다고 그렇게 독하게 공부한 거였는데, 결국 발목이 잡히고 말았잖아."

"그런 말은 안 하던데."

"무슨 말?"

"왕따를 당했다, 도망치고 싶어 했다, 뭐 그런 얘기들. 공부 안 하겠다는 애들 나올 때마다 국어가 언니 얘기를 단골 레퍼토리로 꺼내요. 김민지라는 위인이 얼마나 대단했는지, 주어진 환경을 끝내 어떻게 극복했는지, 학교의 명예를 드높였는지, 이곳을 떠났는지. 여자 홍길동인 줄 알았다니까요."

"야, 여기 솜털 선 거 보여? 나 완전 소름 돋았어. 담임이 내 얘기를 하고 다닌다고? 그것도 아직까지?"

언성이 높아진 민지가 서연을 향해 몸을 돌렸다. 서연은 민지를 마주 보며 깊게 고개를 끄덕였다. 방관을 선택해 간접 가해를 했던 담임선생님에게는 옛 제자의 이야기를 떠벌리고 다닐 자격이 없었다.

"자주 해요. 이 학교엔 공부 안 하는 애들이 차고 넘쳤으니까."

"진짜 미쳤나 봐. 나중에 만나면 내 얘기 그만하라고 경고해야겠다. 아니지, 그냥 평생 안 보고 살래. 그 편이 더 낫겠어."

"그래요. 설백엔 다시 돌아오지 말아요. 저는 대학은 못 가도 서울엔 꼭 갈 거예요. 그래도 여기보다는 나을 거니까."

서울에도 일자리는 부족하고 고졸이 취업할 수 있는 회사는 더더욱 드물다는 말을 꺼내려다 말고 민지는 가만히 입을 다물었다. 양질의 일자리가 차고 넘치지 않는다 뿐이지 서울과 설백의 취업시장을 동일선상에서 비교하기엔 무리가 있었다. 공무원을 제외하면 중위소득 정도의 월급을 받을 수 있는 사람들이라고는 광부들이 유일했던 동네, 그런 상황에서 탄광이 문을 닫은 동네. 자영업과 농업은 자산이 있는 사람들의 몫일 테니 감히 서연이 넘볼 수 있는 자리는 아니었다. 설백에는 회사가 없었다. 공장도 없었다. 잘 풀리면 편의점이나 음식점 알바 정도는 할 수 있겠지만 동네 사람들과 사이가 좋지 않은 서연에게 그건 적절한 선택지가 아니었다. 쇠퇴한 설백은 청년을 품을 자격이 없었다. 경제적으로도 정서적으로도 모두 낙제였다.

서연은 다시 운동장 쪽으로 고개를 돌렸다. 이미 한껏 느슨해진 공기는 아이의 입을 자연스레 열게 만들었다.

"위클래스 선생님은 출산휴가 가셨어요. 벌써 1년도 넘었는데, 상담실 계속 비어 있는 거 보니까 어차피 안 뽑을 거 같아요. 교실에 안 들어가는 이유는 애들 때문이 맞고요. 저는 언니처럼 공부에 재능이 있는 사람도 아니라서 인서울은 꿈도 못 꿔요. 그래도 밥 벌어먹고 살려면 중졸보다는 고졸이 나을 거니까. 어떻게든 출석일수 채우려고 학교에 나오는 거예요. 이래 봬도 저 T거든요."

T도 상처를 받으면 속상해하고, 우울감이 깊어지면 무너진다는 걸 민지는 잘 알고 있었다. 성격이야 어떠하든

사람이었다. 마음의 문을 여닫는 행위는 T나 F여서 하는 게 아니라, 그저 사람이기에 하는 본능이었다.

하늘에 떠 있는 구름이 비누 거품처럼 보인 건 그 순간이었다. 잿빛 구름들 사이로 유독 하얀 뭉게구름 하나가 햇빛을 머금고 반짝거렸다.

그 광경을 본 민지가 느린 속도로 입을 열었다.

"언니가 사우나에서 일하는 거 알지? 있는 동안은 마사지도 해 보려고 하는데. 나중에 한번 시간 내서 와 볼래?"

"갑자기 마사지요?"

"사실 마사지라 부를 정도로 대단한 건 아니고, 사우나에 방문한 개인 손님들 대상으로 가벼운 지압 서비스를 해 주면 어떨까 하고. 누가 제안해 줬는데 괜찮게 들리더라. 어깨랑 목 근육 뭉친 거 풀어 주고, 원한다면 발마사지도 해 주고."

"언니 마사지사 자격증도 있어요?"

"아니. 우리나라는 시각장애인 아니면 마사지사는 다 불법이야. 그런 전문 마사지 말고. 미용실에서 머리 감겨 주면서 해 주는 가벼운 목 마사지 같은 거 있잖아. 체형 관리인? 뭐, 그런 거라고 생각하면 되겠다."

"체형 관리인이라는 직업도 있어요?"

"실은 나도 잘 몰라. 그래도 마사지는 둘째가라면 서러울 정도로 많이 받아 봤단다? 공부를 엉덩이 싸움으로 한 탓에 목이랑 어깨가 엉망이거든. 그래서 내 마사지의 진짜 목적은 근육 풀기가 아니라 수다야. 괜찮다면 상담? 그런 것도 해 주고."

"그렇다면 상담사 자격증은요?"

"너 눈치가 좀 빠르다? 당연히 그런 건 없지. 어쨌든 학교마다 있는 위클래스 같은 게 학교 밖에도 하나쯤 있으면 좋을 거 아니야. 정신과 전문의는커녕 상담 센터 하나 없는 동네라 생각보다 더 잘될지도 몰라."

"그럼 불법에 짭이네요?"

"에이, 너무 갔다. 수다 좀 떠는 거 가지고 불법이라니. 짭은 뭐, 쿨하게 인정할게. 위클래스(Wee class)의 위는 더블유, 이, 이라면 내가 하는 건 위클래스(We class), 이를 하나만 붙이면 되니까."

"자격증도 없이 편법으로 돈 벌려고 하면서 양심의 가책 안 느껴요?"

"가책은 시골이라고 보건소에 정신과 전문의 하나 안 보내는 나라에서 느껴야지. 상담 선생님 한 명 충원 안 하는 학교도 좀 느끼고. 나를 이런 식으로밖에 못 키워 낸 어른들하고 이 동네에서도 좀 느끼면 좋겠다."

"원래 그렇게 뻔뻔해요?"

"나이가 들면 다 이렇게 된다니까. 너는 나이도 어린 애가 뭐 그렇게 질문이 많니?"

"말은 언니가 먼저 걸었잖아요."

"뭐래."

서연의 얼굴에 희미한 미소가 서렸다. 그 모습을 본 민지는 일부러 우스꽝스러운 표정을 지어 보였다. 겨울 냄새가 났다. 이제야 숨통이 트이는 기분이었다.

잠시 뜸을 들였던 서연이 다시 질문을 건넸다.

"그런데 갑자기 왜요?"

"그냥. 탄광마을 사우나에서 무려 '사우나'가 내 담당인데 어떻게라도 매출을 더 늘려 봐야 하지 않겠어?"

"치, 자기 목욕탕도 아니면서. 그리고 저 돈 없어요."

"연습 먼저 해 보고 결정해야 할 것 같아서 물어본 거야. 이 동네에서 내가 아는 사람은 네가 유일하잖아. 얼굴 아는 사람들이야 더 있겠지만, 여하튼."

"한번 생각은 해 볼게요."

"고마워."

"간다는 게 아니라 생각을 해 본다는 거예요."

"누가 뭐래? 나도 아직 확정이라고는 얘기 안 했어."

바람이 불어왔다. 매섭지 않은 훈풍이었다. 구름이 흘러가며 햇살이 내려앉았다. 이번엔 늦가을 공기에 여름 냄새가 희미하게 묻어났다.

"그런데요."

서연이 민지를 똑바로 쳐다보았다. 민지는 서연의 시선을 피하지 않았다.

"진짜면 어떻게 하려고 했는데요?"

"응?"

"동판에 이름 새겨 놓은 거요. 그거 진짜면 어떻게 하려고 했냐고요."

"음."

민지의 얼굴 위로 미소가 번졌다.

"긁어 내야지. 깨 버리든가. 혹시라도 음각이면 메워 버리려고."

문제는 언제나 객기와 오지랖 사이에서 비롯되었다. 탄광마을 사우나의 계정으로 장바구니에 담아 놓은 마사지 베드가 목욕탕에 도착했다. 담아 놓기만 했는데도 물건이 도착했다. 주문한 적 없는 물건의 배송 완료 문자에 민지는 고민에 고민을 거듭하다 남탕의 문을 열었다. 정훈을 직접 마주하는 건 지난 대화 이후로 처음이었다. 그는 아직도 고개를 들지 못했다.

먼저 침묵을 깬 사람은 민지였다. 그녀는 정훈처럼 고개를 돌리고 말을 건넸다.

"마사지 베드 그쪽이 결제했어요?"

"얼마 안 하더라고요."

"그냥 알아보던 거예요."

"알고 있어요."

"그런데 왜 마음대로 결제해요?"

"그거야 내가 사장이니까. 그런데 민지 씨만 허락하면 이제 내 마음대로 하지 않을게요."

"무슨 허락이요?"

정훈이 앞주머니에서 열쇠를 꺼내 민지에게 건넸다. 구멍이 여럿 뚫려 있는 구형 은색 열쇠였다.

무슨 물건인지 알고 있었다. 그건 '남탕'과 '여탕', 그리고 건물 현관문을 모두 열 수 있는 마스터키였다. 얼굴에 피가 쏠리며 아랫입술에 지잉 하는 느낌이 들었다. 민지는 고개를 가로저었다.

"아니요."

“일단 들어 보고 거절해요. 나랑 사업 파트너 해요. 카페도 사우나도 이 정도로 잘되는 건 모든 게 다 민지 씨 덕분이에요. 그러니까 부탁해요. 친척들 지분 문제는 내가 해결할게요.”

“아니요.”

“알아요. 내가 말주변이 좀 없죠.”

“말주변 때문이 아닌 거 알잖아요.”

“그러니까 사과할 기회를 줘요. 어떻게 보일지 몰라도 이렇게 온몸으로 용서를 구하고 있으니까.”

“그쪽이 잘못한 건 아무것도 없어요.”

“그냥 그 자리에 있었다는 것만으로도 할 말이 없어요. 어렸든 뭐였든 간에 그건 중요하지 않아요. 무엇보다 알아본 순간 먼저 사과를 했어야 했는데…….”

“그쪽이 잘못한 건 하나도 없다니까요? 내 말 이해 못 하겠어요? 심지어 후배였다면서요. 그럼 아무것도 할 수 없었던 게 당연하잖아요.”

딸—랑. 문이 열리고 한 박자 늦게 종이 울렸다.

정훈은 문밖을 내다보지 못했다. 민지 역시 뒤를 돌아보지 않았다.

바람이 불지 않으니 초겨울의 설백도 제법 포근했다. 민지는 걸음을 내딛으며 방관의 무게에 대해 생각했다.

중학생 시절, 민지와는 비교도 되지 않을 정도로 심하게 괴롭힘을 당하던 친구가 있었다. 쉬는 시간마다 자비로 일진들 빵을 사 와야 했고, 흡연하는 아이들 망을 봐 주다 숱하게 담배빵을 당하기도 했다. 본인 생일에는 벌거벗겨진 채 전봇대에 묶였던 일도 있었다. 옴짝달싹 못 하고 밀가루를 얻어맞는 그 친구를 민지는 단 한 번도 도와준 적이 없었다. 솔직히 그 당시엔 도와줄 생각조차도 해 본 적이 없었다. 피해자인 동시에 방관자였다. 그녀 역시 누군가에게는 그저 또 한 명의 가해자였을지도 모를 일이었다.

오토바이 무리에 서 있었을 정훈의 모습을 상상했다. 홍성은의 무리들은 대개 날티를 풍겼었기에 지금의 정훈을 보며 그 당시의 정훈을 상상하기란 쉽지 않았다. 열여섯, 열일곱의 방관에 대해 생각했다. 그 당시 일로 사과를 하는 건 반성일지 아니면 사랑일지, 잘 구분이 가지 않았다.

어디선가 아기가 자지러지게 우는 울음소리가 들려왔다. 코끝이 간질거려 주위를 둘러보니 온몸의 털을 잔뜩 세운 하얀 고양이가 보였다. 하얀 고양이의 맞은편에는 고등어색 고양이 두 마리와 치즈색 고양이 세 마리가 있었는데, 무리를 이룬 녀석들은 한 마리씩 돌아가며 하얀 고양이에게 달려들었다. 한참을 필사적으로 방어하던 하얀 고양이는 오래지 않아 패배를 선언했다. 마릴린은 다리를 절뚝이며 그렇게 수풀 사이로 사라졌다.

민지는 다시 방관의 무게에 대해 생각했다. 리스크를 떠안기 싫어 방관을 택한 이들의 책임에 대해 고민했다. 결국은 모든 게 자기합리화였다. 그 단어 이외에는 적절한 결론이 아무것도 떠오르지 않았다.

흐르는 콧물을 닦으며 마릴린이 공격당했던 자리로 걸어갔다. 시멘트 위에 점점이 남은 붉은 핏방울들에 죄책감이 들었다. 정훈이 했던 것처럼 마릴린에게 사과할 용기가 있을지, 확신이 들지 않았다. 마릴린이 다친 게 그녀의 잘못은 아니었지만 그래도 살아 줬으면 하고 조심스럽게 바랐다.

서울로 돌아가야겠다고 생각했다. 있을지 없을지 모르는 3천만 원을 찾아 헤매는 건 이제 그만둘 때가 된 것 같았다. 맙소사, 말을 하는 비누 거품이라니. 진짜 정신이 이상해지기 전에 현실로 돌아갈 필요가 있었다.

인사를 하지 않고 떠나도 그라면 이해해 주겠지, 라고

생각했다. 무책임은 언제나 가장 쉬운 선택지였다. 언젠가 죄책감이 발목을 옭아매면 기도를 드리러 가야겠다고 생각했다. 부적을 쓰면 조금은 편해질까 싶었다. 엄마의 노란 부적이 기억의 저편에서 붉은 그림자로 어른거렸다.

거실에 서서 베란다 밖을 내다보았다. 평소 마릴린이 누워 있던 자리에 107호에서 내놓은 것처럼 보이는 항아리 하나가 놓여 있었다. 바닥에 주저앉은 민지가 결국 큰 소리로 울음을 터뜨렸다. 유택 동산의 유골함 뒤에 앉아 있던 마릴린의 모습이 환영처럼 어른거렸다.

탄광마을
사우나

12

지방에 삽니다, 놀랍게도 청년이고요

민지가 무릎 위에 놓인 검은색 비닐봉지를 내려보았다. 서걱거리는 비닐봉지 안엔 신문지로 꽁꽁 둘러싼 3천만 원이 들어 있었다.

설백종합버스터미널은 생각보다 더 낙후한 장소였다. 80년대 혹은 90년대 어디쯤엔가 시간이 멈추어 있었다. 대합실에선 아직도 긴 연통이 연결된 연탄난로로 난방을 했다. 쿠션도 없는 성당용 나무 벤치가 서넛 놓여 있었고, 매표소 앞 고랭지 배추 박스에는 새 연탄 몇 장이 연탄집게와 함께 담겨 있었다.

지하로 내려가는 계단 위쪽으로는 '서울 다방'이라고 적힌 진홍색 간판이 있었다. 굳게 닫힌 회청색 철문을 바라보던 민지는 출입구 옆 편의점으로 걸음을 옮겼다.

매대가 휑한 편의점에서는 잔 커피를 팔았다. 종이컵에 탄 맥심 모카골드가 한 잔에 400원, 화이트골드는 500원이었다. 가방을 뒤져 500원짜리 하나를 찾아낸 민지가 청년이라기엔 중년처럼 보이는 주인에게 화이트골드 한 잔을 주문했다. '커피는 현금만'이라고 적힌 문구가 어쩐지 주문을 하지 말라는 협박처럼 들렸지만 신경 쓰지 않았다. 설백에서의 마지막 기억만큼은 몸서리가 쳐질 정도로 달았으면 싶었다.

대합실 난로를 둘러싼 좌석들은 노인들의 차지였다. 두툼한 패딩을 입고 터미널을 찾은 노인들은 지팡이에 체중을 싣고 난로 앞에 앉아 삼삼오오 이야기꽃을 피웠다. 건강 이슈부터 자녀 자랑, 농사 이야기, 정치 토론까지, 듣다 보면 빠지는 내용이 없었다.

화장실에선 가깝지만 난로로부터는 멀어 아무도 앉지 않은 벤치에 민지가 자리를 잡고 앉았다. 엉덩이가 소스라칠 듯 차가웠지만 개의치 않았다. 여자는 찬 데 앉으면 안 된다는 민간 전설은 처음부터 남들의 사정이었다. 자궁의 건강보다는 종아리의 휴식이 중요했다. 어찌되었든 오늘을 버텨 내는 것, 그것이 그녀가 지금까지 다른 사람들처럼 하루를 살아 낼 수 있었던 유일한 동력이었다.

뜨거운 믹스커피가 담긴 얇은 종이컵을 가만히 내려다보았다. 커피가 식기 전에 위를 덥히고 싶었으나 선뜻 입이 가지 않았다. 미처 녹지 못한 까만 커피 가루 한 알이 허연 설탕들에 섞여 작고 흐릿한 소용돌이를 만들었다. 녹지 않았으면 싶었다. 끝까지 녹지 않고 버텨 무심코 들이댄 혀에 씁쓸한 끝맛으로 남았으면 싶었다.

"아예 떠나려고 그러죠?"

인기척을 느낀 건 종이컵 안의 커피 알이 다 녹았을 무렵이었다. 고개를 돌린 민지가 놀란 기색을 숨기지 못하고 입을 벌렸다. 초점이 잘 맞지 않았다. 미간에는 힘이 들어갔다. 심장박동이 거세졌다. 어금니를 꽉 물어야 했다.

고속도로의 풍경은 익숙하면서도 어색했다. 낮은 운전석에서 도로를 주행하다 오랜만에 버스에 오르니 나고 자란 강원도의 산세가 이렇게 그림 같았나 싶었다. 뿌연 유리창 너머로 지는 해를 바라보았다. 노을을 집어삼키는 어둠의 기세에 하루아침에 방전되어 버린 자동차가 생각났다. 서울에 살 때는 매일 차를 운전해 잘 몰랐는데, 오랜 시간 자동차에 시동을 걸지 않을 때는 반드시 블랙박스의 전원을 꺼 두어야 했다. 소중한 자차는 그 때문에 방전되었다. 보험사에 전화를 걸려다 고속버스 예매 앱을 다운받았다. 배터리 충전뿐일지라도 오늘만큼은 모르는 사람과의 대화에 에너지를 쏟고 싶지 않았다. 그저 아무런 자극 없이 잠들고 싶었다. 그리고 그 장소는 설백만 아니면 어디라도 좋았다.

다리 길이가 맞지 않아 벤치가 덜컹거렸다. 민지에게 말을 걸어온 사람은 그녀와의 사이에 충분한 여유 공간을 두었지만 민지는 불편한 기색을 숨기지 않았다. 그녀는 출근길 서울 지하철을 탄 사람들처럼 어깨를 움츠렸다. 이 시간을 가위로 오려 낼 수만 있다면 손을 베어도 괜찮겠다고 생각했다. 손가락 하나를 내어주어야 한다고 해도 감내할 용의가 있었다.

손아귀에 힘이 빠져 커피가 출렁거렸다. 민지는 흐물거리는 종이컵을 내려놓지 않고 더 세게 쥐었다. 말을 걸어온 이는 점퍼 안에 품고 있던 검은색 비닐봉지를 벤치 위에 내려놓았다. 꽤 묵직해 보이는 봉지를 그는 민지 쪽으로 천천히 밀어냈다.

"시간이 걸렸어요. 늦어서 미안합니다."

도대체 무엇이 미안하다는 말인지 물어보고 싶었지만 좀처럼 입이 떨어지지 않았다. 아무런 대답이라도 해야 할 것 같은데 선택적함구증에 걸린 아이처럼 말이 나오지 않았다.

무릎 사이에 손을 모은 상대는 고개 한 번을 들지 않았다. 그 대신 소주 냄새를 풍기며 느리게 말을 이었다.

"3천만 원이에요. 아주 오래전, 사람들이 미숙 씨한테 주기로 했던 3천만 원. 엄마 유택 동산에 모신 건 알고 있지만 그래도 사진 같은 거 남아 있으면 보고 전해 줘요. 늦어서 미안하다고. 살아 있을 때 주지 못해서 면목이 없다고."

3천만 원.

세상이 빙그르르 돌았다. 3천만 원이라는 단어가 일으킨 파동이 대합실을 진공상태로 만들어 버린 것 같은 착각이 일었다. 난로 근처에 앉아 있는 노인들의 목소리가 더이상 들리지 않았다. 설백에 머물렀던 유일한 목적을 이렇게 허무하게 달성할 것이라고는 꿈에서도 상상한 적이 없었다.

불현듯 그녀를 제외한 모두가 3천만 원의 비밀을 알고

있었을지도 모르겠다는 망상이 찾아왔다. 협심증이 있는 사람처럼 왼쪽 가슴께에 바늘 수백 개가 찌르는 것 같은 통증이 느껴졌다.

상대는 민지와 개인적 친분을 맺고 싶은 의향이 없는 게 분명했다.

"이번이 마지막이더라도 이 지긋지긋한 동네를 버리지는 못하겠지. 부모님 원망은 내가 대신 안고 가요. 너무 많이는 울지 말고, 그저 행복하게 잘 살아요."

떠나는 이의 뒷모습은 왜소증을 앓는 사람처럼 작아 보였다. 양 어깨에 힘이 빠진 채 휘청휘청 걷는 뒷모습이 꼭 한 번도 보지 못한 아빠 같았다.

'전세사기 경매 절대 반대'

우편물과 광고지가 수북한 우편함을 확인한 민지가 공동 현관을 빠져나와 대로변 쪽으로 걸어 나갔다. 집집마다 내건 노란색 현수막에 정신이 아득해졌다. 건물 안으로 다시 들어가 우편물을 샅샅이 뒤져 보았지만 보낸 이가 법원인 우편물은 어디에도 없었다. 또다시 거리로 나온 민지가 인도 한가운데 못 박힌 듯 멈추어 섰다. 그런 그녀에게 누군가 말을 걸어왔다. 대학생이 아닐까 싶을 정도로 앳된 얼굴이었다.

"저, 혹시 여기 오피스텔 9층에 사는 분이세요?"

"네?"

"아, 죄송합니다."

"아니요, 그런데 무슨 일이시죠?"

"아니에요. 죄송합니다."

고개를 숙인 남자는 오피스텔 안으로 다급히 달려 들어갔다. 민지는 눈을 끔뻑이며 그가 사라진 오피스텔 건물을 멍하니 바라보았다. 공용 현관 유리문에는 '전세사기 피해 오피스텔'이라고 적힌 붉은 현수막이 걸려 있었다. 공동 현관을 통과해 우편물들을 한 줌 가득 손에 쥔 민지가 엘리베이터 앞으로 걸음을 옮겼다. 남자는 아직 엘리베이터를 기다리고 있는 중이었다.

오래지 않아 엘리베이터가 도착하고 문이 열렸다. 잠시 뒤, 승강기 내부 불빛이 사라지며 문이 닫혔다. 하지만 남자는 여전히 엘리베이터를 타지 않고 제자리에 서 있었다. 그건 민지 역시 마찬가지였다. 그는 고개를 숙이고 자신이 이 오피스텔에 거주하는 수십 명의 피해자 중 한 명이라고 말을 꺼냈다. 거주민이 아니었다. 피해자였다.

그것 참 안되셨네요, 라고 해야 할지, 피해가 조속히 해결되기를 바랍니다, 라고 말해야 좋을지 감이 잡히지 않아 공중목욕탕에 틀어 놓은 온수처럼 시간을 흘려보냈다. 한숨을 내쉬는 남자는 불안해 보였다. 왜 그런 말을 자신에게 꺼냈는지 먼저 물어보고 싶을 정도였다.

어색한 시간을 먼저 견뎌 내지 못한 사람은 남자였다. 그는 어려운 기색을 숨기지 않고 입을 열었다.

"지지난주에 여기 사는 피해자들끼리 연락처를 교환했거든요. 현수막 걸기 전에 집집마다 돌아다니면서 확인했는데, 9층 한 집만 끝내 연락이 안 되었다고 해서. 문 앞에 포스트잇도 붙여 놨는데, 어디 여행이라도 가셨는지 그대로라고 해서요."

"아, 네."

"혹시 여기 계약할 때 회사랑 하셨어요? 개인이 아닌 법인이랑."

"어……."

"한번 확인해 보세요. 여기 대부분이 전세 아니면 반전세인데, 임대인이 다 같은 법인이더라고요. 선순위에 해당하는 사람은 두 명밖에 없었고요. 저도 계약 만료일 1년도 넘게 남았는데 벌써부터 연락이 안 돼요, 집주인이랑."

다시 엘리베이터 문이 열리고, 남자는 빛 속으로 사라졌다. 센서 등이 꺼진 현관은 어둡고 고요했다. 오피스텔이 이전보다 더 어둡게 느껴져 주위를 둘러보니 예전과 다르게 불이 꺼져 있는 경비실이 눈에 들어왔다. 신축임에도 주변 시세보다 저렴하고, 심지어 경비실까지 있다고 좋아했던 지난날의 자신이 떠올랐다. 주머니에서 휴대폰을 꺼내는 손이 사시나무처럼 떨렸다. 정신이 나간 사람처럼 비죽비죽 웃음이 배어 나왔다.

　서천 앞바다를 푸르게 물들인 야광충처럼 넓은 주차장이 푸르게 빛났다. 파란색은 흰색으로, 녹색으로, 붉은색으로 모습을 바꾸어 가다 건물 가까이에 이르러서는 따뜻한 전구색으로 온전히 모습을 탈바꿈했다. 문이 열리고 잔잔한 음악이 잦아들었다. 어둠 속에서 모습을 드러낸 이는 다름 아닌 정훈이었다.
　하지만 자리에 멈추어 선 그는 민지에게 선뜻 다가가지 못했다. 그 대신 또 다른 아는 얼굴이 나타나 민지를 맞이했다. 나영이었다. 그녀는 정훈의 어깨를 스치고 지나쳐 민지를 향해 달려 나왔다. 말갛고 도톰한 입술이 춥죠, 라는 말을 하는 것 같은데 먹먹해진 귀에는 아무런 소리도 들리지 않았다.

허연 이마 위로 물방울이 흘러내렸다. 이 추위에도 땀이 흐르나 싶었는데 나영의 얼굴 위로 탐스러운 눈송이가 내려앉았다. 눈이었다. 민지는 손을 허리춤까지 들어 하늘을 향하게 손바닥을 뒤집었다. 포실한 눈송이들이 건조한 손바닥 위에 몸을 뉘였다. 눈은 녹지 않고 쌓였고, 민지는 가만히 주먹을 쥐어 그들을 감싸 안았다. 평범해 보이는 눈송이들이 비누 거품처럼 발광을 할까 겁이 났다. 왠지 비누 거품들의 비밀을 끝까지 지켜 주어야 할 것 같았다.

터미널 밖으로 달려 나갔다. 왕복 이차선 도로는 한낮인데도 불구하고 통행량이 많지 않았다. 군청 반대쪽, 구도심 방향으로 걸어가고 있는 굽은 어깨가 보였다. 지면을 박차고 달려 나가자 이어폰을 착용한 것처럼 신발 소리가 웅웅거렸다. 비닐 소리가 서걱거렸다. 거칠어진 호흡에 가슴팍이 위아래로 들썩거렸다.

남자를 막아섰다. 그는 시선을 마주치지 못했다. 죄인처럼 서 있는 남자를 향해 민지는 검은색 비닐봉지를 되밀었다.

"가져가세요."

"내 돈이 아닙니다."

남자는 군청 방향으로 몸을 틀어 민지에게 등을 보였다. 민지는 남자의 앞을 다시 가로막고 검은 봉지를 내밀었다. 남자는 입을 다물고 또다시 몸을 틀었다. 결국 민지는 다급하게 그의 팔뚝을 붙들었다. 겨울 점퍼에 가려진 팔뚝은 병상에 누워 있는 노인처럼 앙상했다.

"가져가세요. 저한테 이걸 주실 이유가 없어요."

"아니요. 있어요."

침묵을 깬 목소리는 단호했다. 보이지 않는 유리벽이 그들 사이를 가로막고 있는지 남자의 몸에선 더 이상 소주 냄새가 나지 않았다. 표정부터 기세까지 전부 쪼그라든 모습으로 남자는 터미널 건물 옆 정자 벤치를 향해 천천히 걸어갔다. 수성전파사의 유리벽 앞에는 엄마가 서 있었다. 엄마에게는 그 벽을 넘어 이 남자에게 가는 길이 수월했을까, 궁금했다.

품에서 담배를 꺼내 든 남자가 한숨을 내쉬었다.

"내가 한자리에 오래 서 있기가 힘들어서, 미안합니다."

온몸의 감각들을 예민하게 일깨워 남자를 관찰했다. 남자가 숨을 쉴 때마다 들숨에선 쇠를 긁는 소리가, 날숨에선 가르릉가르릉 소리가 났다. 벤치는 나무들을 둘러싸고 둥글게 이어져 있었다. 그들은 서로 다른 벤치에 앉아 대화를 이어 나갔다.

"미숙 씨가 선인면으로 이사를 간 건 그 3천만 원 때문이었어요. 젖먹이 딸이랑 어떻게든 먹고살아 보겠다고 용철이 죽은 곳에 들어와 아득바득 버텨 냈는데, 하늘도 참 무심하시지, 하루아침에 잘렸거든요. 직장폐쇄 될 때까지 어떻게든 버텨 낼 거라고 그 난리를 쳤는데 성공하지 못했어요. 이것도 벌써 10년도 더 된 얘기네요. 그동안 엄마가 티도 안 냈죠? 아마 그랬겠지. 미숙 씨는 그런 위인이었으니까."

어둡고 질척거렸던 20대로 시간의 태엽을 되돌렸다. 보증금을 사기당했다고 말하는 딸 앞에서 먹고 죽을 돈 100만 원도 없다고 울부짖던 엄마가 떠올랐다. 국민연금 한번 수령하지 못하고 세상을 떠난 엄마는 석탄공사에서 잘린 후 결국 그럴듯한 직장을 찾지 못했다. 설거지나 계단 청소도 수요가 있는 도시에서나 지원해 볼 수 있는 일들이었다. 회사도 식당도 모두 씨가 말라 버린 설백에서 더 이상 젊지 않은 엄마가 할 수 있는 일은 많지 않았다. 엄마 김미숙이 아닌 인간 김미숙을 알고 있다는 송 씨 옆에 앉아 민지는 가족도 돈도 없는 50대의 삶에 대해 생각했다. 회사에서 잘린 엄마는 과연 어떤 심정이었을까. 무서웠을까, 아니면 지겨웠을까.

"그러니까 그쪽은 그 돈 주인이 맞아요. 가져가요. 어떻게 쓰든 그것까진 내 알 바 아니고. 어차피 이곳에 뿌리내리고 살 사람도 아니잖아요."

"엄마한테 돈을 빌리셨던 건가요?"

불길이 일었다. 일순간 타오른 라이터의 불꽃은 담뱃잎을 감싼 종이에 닿지 못하고 바람과 함께 휘청거렸다. 3천만 원을 건네는 연유를 묻는 질문에 연초의 황갈색 필터를 입에 물었던 송 씨의 턱이 미세하게 떨렸다. 어금니가 부딪치는 딱딱 소리가 민지에게까지 들릴 정도였다.

민지는 포기하지 않았다.

"엄마한테 채무가 있으셨어요? 아니면……."

"목숨값이에요."

낯익은 배기음이 귓가를 스치고 지나갔다. 티뷰론. 엄마가 좋아했던 옛 자동차가 아직까지도 설백의 도로를 달리고 있었다. 주변을 둘러보았다. 이곳은 아무리 봐도 90년대의 설백이었다. 어쩌면 지금은 90년대일지도 몰랐다. 어쩌면 이 순간 엄마는 탄광에서 일을 하고 있을지도 몰랐고, 또 어쩌면 얼굴 한번 보지 못한 아빠 역시…….

"엄마한테 뭐라고 들었는지는 모르겠지만, 아버지 죽음

에는 책임 있는 사람들이 몇 있어요. 그 당시 작업반장이랑 그 패거리들, 사무실에서 펜대 굴리던 샌님들, 그리고 모든 걸 지켜봤으면서 아무 말도 하지 못했던 우리들. 미숙 씨가 결혼 전에 일했던 곳 사장님이 신문사 기자들을 알아 언론에 알리려고 했던 걸, 그 사람들이 돈을 쥐여 주며 억지로 막았어요. 미숙 씨한테 선탄부 일자리도 주고, 위로금 명목으로 십시일반 돈을 모아 3천만 원도 만들어 주겠다고 해서. 3천만 원이면 지금도 적은 돈이 아닌데 그때는 정말 무시할 수 없는 금액이었거든요."

역한 탄내가 풍겨 왔다. 어린 시절 옆집에서 쓰레기를 태우면 날아왔던 매캐한 냄새였다. 미간을 찌푸린 민지가 눈을 가늘게 떴다. 바로 앞 차도의 새까만 아스팔트가 석탄가루가 내려앉은 검은 천처럼 일렁거렸다.

"그리고 용철이의 죽음엔 내 탓도 있어요."

"아저씨도 춤을 추라고 부추겼어요?"

빠앙— 경적소리가 울렸다. 고개를 돌린 송 씨가 민지를 노려보았다. 탁한 눈동자에 날선 빛 한 줄기가 서렸다. 한세월 고생이 녹아 있는 주름진 얼굴이었다. 그 주름들이 신발에 밟히고도 살아난 지렁이처럼 비현실적으로 꿈틀거렸다.

"뚫린 입이라고 아무 말이나 했다가는 벌 받아요. 이 동네에는 그렇게 벌 받은 사람이 수두룩하니 조심해요."

"지금 협박하시는 건가요?"

"큰 실례라고 알려 주는 거예요. 하지만 나는 죄인이니까. 나한테는 죄가 있으니까."

뜨거운 물에 닿으면 한순간 사라져 버리는 비누 거품처럼 송 씨의 눈동자에서 순식간에 빛이 사라졌다. 힘이 빠진 목소리에선 더 이상 아무런 에너지도 느껴지지 않았다.

"그날 발파한 막장에서 가스가 새어 나오지 않았다면, 용철이가 나대신 카나리아 역할을 자처하지 않았다면, 아주 미세했으니 상관은 없었다지만, 그래도 가스에 노출되지 않았다면, 나도 며칠을 미식거리고 머리가 띵했는데, 그 안에 들어갔다 나온 용철이는, 용철이 그 자식은……."

남자가 말을 어떻게 마무리했는지는 기억나지 않았다. 다만 난쟁이라 불렸던 용철에게 미끄러운 목욕탕에서 춤을 추라고 부추긴 직접 가해자 수십 명과 진실을 알면서도 묻어 버린 사업소, 더해서 모든 걸 지켜봤으면서도 그저 함께 낄낄거렸던 수백 명의 동료들이 함께 3천만 원을 만들어 주기로 했었다는 말만큼은 전세보증금을 떼인 딸에게 돈이 없다고 소리를 지르던 엄마의 목소리만큼이나 생

생하게 각인되었다. 그때 미숙 씨 산달이 아마 한 달도 채
남지 않았을 때였지, 라는 송 씨의 말에 민지의 얼굴이 힘
없이 무너졌다. 부스럭 소리가 났다. 소리가 난 곳은 민지
의 무릎 위였다. 3천만 원이 담긴 검은 봉지가 찢어질 듯
팽팽했다. 봉지를 잡고 있는 허연 손등에 검푸른 핏줄이
꿈틀거렸다.

용철이 죽은 이후 오래지 않아 탄광 사우나는 폐쇄되었
다. 경찰조사는 사고사로 마무리되었지만 귀신이 나온다
는 소문이 발목을 잡았다. 목숨을 걸고 일을 하는 사람들
은 작은 미신 하나도 허투루 넘기지 않았다. 사고가 터지
거나 아픈 사람이 생길 때마다 사우나가 입방아에 오르내
렸다. 간절한 이들은 제사용품을 들고 용철이 죽은 자리를
찾아가 치성을 드렸다.

기도는 곧 돈이었다. 사우나에 굿을 하러 왔던 무당은
멀지 않은 산중에 암자를 세웠다. 대부분은 죽은 용철을
악귀 취급하며 치성을 드렸지만 미숙만큼은 한 주가 멀다
하고 반대 부적을 받아 왔다. 가네보 립스틱이 든 상자에
꾹꾹 눌러쓴 편지를 넣어 청혼했던 그를 이런 식으로 떠나
보낼 수는 없었다. 마담과 조직에게 대신 빚을 갚아 준 용

철은 그녀의 젊음을 가엾게 여겨 준 유일한 사람이었다. 그런 사람을 사지로 내몬 이 동네 사람들은 용서를 받을 자격이 없었다. 평생을 저주받고 고통스러워해야 했다.

고소와 고발을 뒤로하고 합의금을 받기로 결심한 이유는 순전히 민지 때문이었다. 이 업보를 딸에게까지 물려줄 수는 없었다. 부모는 진창에 빠져 허우적댔더라도 딸아이만큼은 구름 위를 걷는 삶을 살았으면 하고 바랐다.

화장실에 들어갈 땐 간절해 보였던 이들이 화장실에서 나오자 태도가 돌변했다. 가해자들은 미숙에게 선탄부 일자리와 3천만 원의 합의금 중 하나를 고르라며 선택을 강요했다. 20년 넘게 키워 내야 할 딸이 있었다. 일자리를 포기할 수는 없었기에 미숙은 눈물을 머금으며 3천만 원을 포기했다. 우르르 찾아와 용서를 강요했던 사람들이 일상으로 되돌아가는 건 한순간이었다. 인생을 잃어버린 사람은 선인면에 미숙 한 명뿐이었다.

예식도 올리기 전 죽어 버린 남편을 가슴에 묻었다. 유복자라는 이유로 아이가 손가락질 받지 않게 하려면 포탄이 떨어진 구멍처럼 생긴 결핍을 어떻게든 메워 내야 했다. 처한 상황이 어떠하든 그건 상관없었다. 친정 부모가 자신에게 강요했던 예전 방식을 새 시대를 살아갈 딸에게 물려줄 수는 없었다.

석탄가루를 들이마시며 하루하루를 버텨 냈다. 그러다 일요일이 되면 용철이 좋아했던 예쁜 원피스를 입고 성당을 찾아갔다. 바보 소리를 들을 정도로 선했던 그는 분명 천사가 되었을 테니, 산중 무당집보다는 신성한 장소를 찾아가야 만날 수 있을 것 같았다. 그럼에도 남편의 죽음을 방관했던 사람들과 얼굴을 맞대고 있을 수는 없어 성당에서 주는 점심은 먹지 않았다. 혹여 딸에게 피해가 갈까 사람 좋은 척 웃음을 흘리고 다녔지만 마음을 터놓는 관계는 믿지도 만들지도 않았다. 연락처를 교환한 몇 명은 오직 외지에서 새로 이사 온 사람들뿐이었다. 그녀는 어쩌자고 설백에 들어와 터전을 잡아 버린 이들과 친구가 되었다. 그들은 미숙이 뒤를 돌아보아도 수군거리지 않았다. 다방 레지로 살았던 옛이야기를 하지도, 죽은 용철에 대한 뒷말을 떠들어대지도 않았다.

하지만 이야기의 대장정은 딸아이의 가슴에 대못을 박아 버린 엄마로 막을 내렸다. 딸과의 관계가 끊어졌다. 그것만큼은 한평생 원망했던 친정 부모와 다를 바가 없었다. 심지어 그녀에겐 일제강점기를 견뎌 내고 전쟁 통을 버텨 냈다는 변명거리도 없었다. 임종이 가까워진 걸 느꼈어도 미숙이 민지에게 연락을 하지 않은 이유였다. 서울에서 대학까지 나온 딸이 설백에 얽매이지 않았으면 싶었다. 그저 훨훨 날아갔으면 싶었다.

나영의 옆자리에 앉은 정훈은 그녀와 제법 잘 어울려 보였다. 그들은 서로가 소꿉친구일 뿐이라며 선을 그었지만 제삼자의 눈엔 그렇지 보이지 않았다. 민지는 커피에 입을 대지 않았다.

"다시 안 돌아올 줄 알았어요."

정훈은 오늘도 고개를 숙였다. 아버지로부터 물려받은 죄책감이 그의 마음에 곰팡이처럼 번져 버린 게 분명했다. 길어지는 침묵에 나영은 자리를 털고 일어섰다. 담배 한 대를 피우고 돌아오겠다고 말했지만, 그녀의 손엔 아무것도 들려 있지 않았다. 민지는 빈말로라도 그녀를 붙잡지 않았다. 정훈이 아닌 누군가가 그와 함께 있는 줄 알았다면 처음부터 이곳엔 들어올 생각조차 하지 않았을 것이었다.

나영이 무릎을 스치며 밖으로 나갔다. 숨이 멎을 것 같은 순간에도 정훈은 고개를 들지 못했다. 불안과 동요는 매개조차 필요하지 않은 바이러스였다. 정훈이 느끼는 두려움은 민지에게 고스란히 전달되었다.

침묵을 밀어내는 목소리의 끝이 갈라졌다. 의도하고 내는 목소리인데도 마음 같지 않았다.

"아무래도 사기를 당한 거 같아요."

느릿느릿 떨어지는 눈송이처럼, 그제야 정훈은 고개를 들었다. 전구색 불빛을 흡수한 그의 이마가, 눈썹이, 콧날이, 광대가, 암전되었던 무대에 막 등장한 배우처럼 강렬하게 보였다. 건조해 보이는 입술과 제때 면도를 하지 못한 게 분명한 하관에서 시선을 거두자 아래턱을 감싼 근육이 제멋대로 떨려 왔다. 무방비로 찬 바람을 맞닥뜨렸을 때처럼 눈물이 차올랐다. 입꼬리가 흔들리지 않도록 구각에 힘을 주었다.

정훈은 입에서 나오는 한 글자 한 글자에 모두 힘을 주었다.

"무슨 말이에요?"

"전세사기요. 어릴 적엔 욕심이 많은 집주인한테 아무것도 모르고 당했다면, 이번에는 전문 사기꾼들한테 보기 좋게 당한 것 같아요. 주변 사람들은 아무도 전세사기 안 당하던데. 아무래도 제가 멍청한가 봐요. 아니면 사기 치기 좋게 생겼거나."

상급지니 하급지니 하는 차별적 언어들은 아무래도 좋

았다. 그래도 열심히 살다 보면 서울로 향하는 지하철이 지나가는 경기도 어딘가에 새 아파트 등기를 칠 수 있는 날이 올 수도 있지 않을까 희망했다. 무주택자로 버텨 내야 청약 성공 확률이 높아지는 시스템 하에서 사회가 요구하는 묵시적 가이드라인에 따라 전세를 전전했다. 고시원에서 원룸으로, 1.5룸으로, 조금 더 지하철역이 가까운 곳으로. 서울에 둥지를 갖지 못한 이방인치고는 꽤 잘하고 있다고 생각한 자부심부터가 자만이었다. 3천을 잃었을 때도 휘청거렸는데 이번엔 무려 2억이었다. 살면서 전세 사기를 두 번이나 당하는 사람이 또 있을까 궁금했다. 억울하고, 허탈했다.

결국 두 달 가까이 비워 두었던 오피스텔에서 나와 차에서 잠을 잤다. 사기꾼들 생각을 하면 분노가 치밀었고, 두 번이나 속은 스스로를 반추하면 명치께가 쓰라렸다. 가슴팍에 시커먼 멍이 든 듯 깊은 숨이 쉬어지지 않았다.

반쯤 식은 커피를 냉수처럼 들이마셨다. 그를 본 정훈이 작은 목소리로 말을 꺼냈다.

"얼만데요."

"네?"

"사기 금액이 얼마인데요."

“그런 거 물어보면 눈치 안 보여요? 얼마인 건 알아서
뭐 하게요.”

말을 꺼내자마자 아차 싶었지만 이미 엎질러진 물이었
다. 조금 친해졌다 싶으면 항상 말씨에 마음이 담겼다. 좋
은 사람인 척하지 않고, 무대에서 내려온 연극배우처럼 가
면을 벗어 던졌다. 아닌 척 상대의 눈치를 살폈다. 다행히
정훈은 그런 민지를 전혀 개의치 않는 것처럼 보였다.

“혹시 도울 수 있는 일이 있나 알아보게요.”

“말은 고마운데, 그쪽이 할 수 있는 일은 아무것도 없어
요. 서울에서 부동산 끼고 수십 명이 판을 짠 사기를 설백
에 사는 일반인이 어떻게 수습해요. 그나마 다행인 건, 뉴
스에도 나온 큰 사건이라 피해자 인정이 수월할 것 같다는
거예요. 직접 경매 신청하지 않아도 누군가 이미 했을 거
고. 아, 선순위인 줄 알았는데 기약이 보이지 않는 후순위
라고도 하더라고요. 계약할 때 분명히 등기부등본 깨끗한
거 확인했는데, 신탁회사가 어쩌고저쩌고, 국세가 어쩌고
저쩌고. 그건 그냥 한 귀로 듣고 한 귀로 흘렸어요. 결론은
돈 받기 힘들 거라는 말이라.”

“애쓰지 말아요. 여기선 쿨한 척 안 해도 돼요.”

“네?”

"지금 억지로 괜찮은 척하고 있잖아요. 눈 주위가 새빨간데."

그럴 리가 없었다. 눈물이 차오른 것 같다거나 흐를 것 같다거나 하는 감각 따위는 어디에서도 느껴지지 않았다. 단지 법원과 주택도시보증공사와 주민센터를 지겨울 정도로 반복 방문하다 보니 피로가 정수리까지 쌓였을 뿐이었다. 그런데 오해라는 말이 나오지 않았다. 어떤 표정을 지어야 좋을지도 감이 잡히지 않았다.

"이곳에 다시 온 이유가 있을 거잖아요. 집 팔고 마지막 짐 챙기러 온 거였으면 여기에 안 들렀겠죠."

감정적 우위에 서 있다고 굳게 믿고 있던 민지가 입을 다물었다. 예상치 못했던 논리적인 대답에 말문이 막혔다. 건조한 수풀을 더듬던 손이 모래 밑에 파묻혔던 적토를 헤집어 대는데 막을 수가 없었다. 가면을 쓰지 못한 얼굴에 열이 올랐다. 오가는 이 하나 없는 산골 카페에 앉아 추궁을 받는 이 상황이 꿈인가 싶었다.

그즈음이었다. 어디선가 녹아내릴 것 같은 여자의 목소리가 들려왔다.

"떠나지 말아요."

비누 거품?

머리카락이 쭈뼛 섰다. 이제는 카페에도 비누 거품이 돌아다니는 건가 하는 당혹감이 일었다. 목소리의 진원지를 찾기 위해 고개를 두리번거리자 카페의 조명들이 어지럽게 느껴졌다. 그 어수선함을 뚫고, 딸—랑, 한 박자 느린 속도로 종이 울렸다. 남탕이라는 스티커가 붙은 불투명 유리문 앞에 나영이 서 있었다. 빛바랜 사진 속 오브제 같아 보이는 그녀는 바닥에 물기가 선명한 신발 자국을 남기며 민지와 정훈이 앉아 있는 테이블을 향해 달려왔다.

"엿들으려고 한 건 아니었는데 그냥 들렸어요. 다 들은 건 아니고, 그냥 마지막 부분 조금만 들었어요."

비누 거품이 아니라 나영이었다. 열이 오른다 싶던 얼굴이 푸른 화염에 휩싸인 듯 화끈거렸다. 착각은 들키지 않았지만 가난을 들키고 말았다. 진짜 돈이 없을 때 하는 가난 고백은 알몸으로 버스정거장에 서 있는 것과 다를 바 없는 수치심이었다. 마음이 옹졸해져 걱정이 동정으로 들렸다. 눈동자의 누런 흰자가 정훈의 말마따나 점점 붉어지는 것 같았다.

"프리랜서라면서요. 재택으로 가능한 일이면 그냥 여기에서 하는 건 어때요? 꼭 서울이어야 하는 건 아니잖아요."

서울에 있어야 기회에 더 기민하게 반응할 수 있다는 종류의 대답을 하고 싶었는데 입이 떨어지지 않았다. 대신 괴씸했다. 나영 역시 고등학교 1년 후배라면 자신의 학창 시절을 모를 리가 없는데 그녀는 감히 이 동네에의 정착을 운운하고 있었다. 자가 번식하는 비누 거품들과 함께 습식 사우나에 갇힌 듯 숨이 쉬어지지 않았다. 또다시 이들 앞 에서 정신을 놓을 것만 같았다.

결국 민지는 휘청거리는 걸음걸이로 도망치듯 카페를 빠져나왔다. 아직 주차장에 나가기 전이었지만 벌써 찬 공 기가 목덜미를 파고들었다. 굳게 닫혀 있던 외부 현관문을 힘주어 밀자 비누 거품 같은 하얀 눈송이가 콧잔등에 내려 앉았다. 손이 시렸다. 몸살에 걸리려는 것처럼 온몸이 으 슬으슬했다.

2년 넘게 한 번도 입지 않은 옷들을 정리해 의류수거함 에 넣었다. 3년 이상 펼쳐 보지 않은 책들은 오피스텔 앞 에 내놓거나 중고 서점에 처분했다. 4년 넘게 사용하지 않 은 접시와 그릇들은 당근에 나눔 했고, 5년 이상 꺼내 보지 않은 잡동사니들은 50리터짜리 쓰레기봉투에 쓸어 넣었 다. 삶의 무게를 결정하는 건 오직 자신의 의지뿐이었다. 상황과 사람은 그저 오늘의 나를 시험하는 절대자의 장난일 뿐이었다.

열여덟, 처음 서울에 도착했을 당시의 설렘과 두려움을 떠올렸다. 무엇이든 크고 높았던 서울에서 작은 건 오직 그녀의 방 크기뿐이었다. 없이 사는 학생들이 잠드는 방은 하꼬방도 아니면서 그 크기가 유독 작았다. 전세사기를 당하지 않았더라면 지금이 달라졌을까, 궁금해하지 않기로 했다. 만약은 과거에 기생할 수 없었다. 과거가 만약을 용납한다면 우리는 과거로, 과거로, 그보다 더 과거로 유영을 계속하다 부모의 선택과 조부모의 최선조차 부정하고 바꾸려 들 게 분명했다. 그저 숨을 쉬는 매 순간이 기적이었다. 약간은 절망스럽지만, 남은 인생을 결정할 수 있는 건 결국 오늘을 살아가는 나의 판단뿐이었다.

화장실에 가고 싶지 않았지만 치악휴게소로 핸들을 틀었다. 항상 차들로 북적였던 주차장이 오늘따라 유독 한산했다. 갓 내린 커피를 두 손으로 감싸 든 민지가 소복이 눈이 쌓인 공원을 향해 걸어갔다. 벤치 위에 쌓인 눈을 엉망으로 쓸어 내고 엉덩이를 깊숙이 밀어 넣었다. 패딩을 뚫고 한기가 침습했다. 코끝이 시려 콧물이 흘러나왔다.

휴대폰을 내려다보았다. 작은 통화 버튼 위에서 손가락이 움질거렸다. 한참을 미세하게 진동하던 엄지는 어느 순간 중력을 이기지 못하고 타인의 손가락인 것처럼 액정에 가닿았다. 익숙한 컬러링이 흘러나왔다.

Try to remember the kind of September…….

알고 있는 팝송이었다. 어릴 적 요를 깔고 바닥에 누워 있으면 끊어질 듯 끊어질 듯 이어졌던 노래, 보증금을 사기당한 것을 깨닫고 엄마에게 전화를 걸었던 날 수화기 너머에서 흘러나왔던 노래. 나나 무스쿠리의 속삭임에 음정이 맞지 않는 허밍을 덧입혔다. 어딘가에서 바스락거리는 소리가 들려왔다. 발치에선 이 추위에도 죽지 않고 살아남은 들쥐가 먹이를 찾아 돌아다니고 있었다.

"여보세요."

창틈으로 새어 드는 바람처럼 수화기 너머에서 정훈의 목소리가 날아들었다. 먼저 전화를 걸었지만 입이 떨어지지 않았다. 무어라 대답을 해야 좋을지 적절한 답변이 떠오르지 않았다.

"여보세요? 민지 씨?"

다시 한번 정훈의 목소리가 들려왔다. 손톱만큼 벌어진 입술 사이로 뜨거운 입김이 빠져나갔다. 그는 껄끄러울 상대의 이름을 부르는데도 전혀 거리낌이 없었다.

낮은 한숨과 함께 민지가 고개를 숙였다.

“잘 있었어요?”

“그렇게 보냈는데 어떻게 잘 있어요.”

“장사는 잘돼요?”

“덕분에 아직은요. 어떻게 지내요?”

휴대폰을 들고 있지 않은 왼손을 오므려 쥐었다. 손끝이 얼음장처럼 차가웠다. 엉망으로 자란 손톱으로 손바닥을 세게 눌렀다. 질기고 시린 손바닥에선 아무런 통증도 느껴지지 않았다.

“사우나는요?”

이번엔 상대의 한숨 소리가 수화기 너머 귓가에 내려앉았다. 무단결근을 제외하곤 별 잘못도 저지르지 않았는데 괜히 어깨가 움츠러들었다.

까악—깍, 엄청난 수의 까마귀 떼가 하늘을 향해 날아올랐다. 나뭇가지에 쌓여 있던 눈덩이들이 우수수 떨어져 내렸다. 겨울에도 소나무 가지들은 푸르렀다. 요란한 소리와 함께 하얗던 세상에 색이 덧입혀졌다.

“괜히 물었나? 당연히 잘되겠죠?”

“기다리고 있어요.”

“…….”

기다리던 답이 아니었다. 아니, 기다렸던 답이 무엇인지는 알지 못했다. 정훈은 말을 멈추지 않았다.

"돌아올 때까지 기다리고 있어요. 마사지 베드도 설치해 뒀고요. 솔직히 민지 씨 아니면 여기 관리해 줄 사람도 없어요."

"……."

"미안해요. 그런데 진짜예요. 나만 기다리고 있는 게 아니라 다른 사람들도 같이 민지 씨를 기다리고 있어요."

"왜요?"

"진심이니까."

정훈이 다시 한번 숨을 골랐다. 그 침묵에 민지는 주먹을 더 힘주어 쥐었다.

"평생을 사과하고 싶어 하는 우리들이 있거든요. 이 동네엔 로라 여사님께 빚을 진 사람들이 너무 많아서."

로라는 다방 레지 시절 미숙의 가명이었다. 선인면에 사는 50대 이상 주민들 중 미숙의 가명이 로라라는 사실을 모르는 사람은 아무도 없었다. 라라라고 부르는 이도, 때로는 로렐이라고 부르는 사람도 있었지만 미숙은 그 어떤 부름에도 활짝 미소를 지어 보이는 선인면의 스타였다. 서울에 김완선이 있었다면 설백엔 로라가 있었다.

선탄장에서 NPC처럼 일만 하던 미숙이 다시 로라가 된 건 탄광 사우나 화재 사건이 일어나고 얼마 지나지 않아서였다.

사건이 일어나고 며칠 후, 설백고를 다니거나 혹은 고등학교를 다니지 않거나 하는 청소년 열댓 명이 삼삼오오 어깨를 맞대고 미숙의 집을 찾았다. 모두 산중 폐건물에서 그녀에게 목숨을 빚진 청소년들이었다. 벨을 누르고 문을 두드리는 행위가 반복되었지만 방 안에 틀어박힌 미숙은 대답을 하는 대신 문을 걸어 잠갔다. 아무런 인기척도 내지 않고, 불을 켜지도 수도를 사용하지도 않고, 그저 존재하지 않는 사람처럼 깊은 어둠 속에 몸을 뉘었다.

하루가 지나고 이틀이 지나도 변하는 건 없었다. 다만 예상하지 못한 건 그녀의 집 앞을 서성이는 학생들 역시 자리를 떠날 생각이 없었다는 점이었다. 아이들은 가파른 계단에 줄지어 앉거나 오래전 망해 버린 비디오 대여점 앞에 둥그렇게 모여 수다를 떨었다. 왜 이곳에 진을 치고 있느냐는 옆집 노인의 질문에는 사이비에 세뇌당한 신도들처럼 김미숙 여사님을 뵈어야만 돌아갈 수 있다는 대답만을 반복했다. 선인면 산 중턱에서 일어난 사건을 알고 있는 사람들은 아이들을 보고도 못 본 척했다. 20년 전 사건을 알고 있는 사람들은 처음부터 그 집 앞을 지나가지 않았다.

미숙을 불러내는 데 결정적 힌트를 준 사람은 날숨 한 번에 기침 한 번을 하며 느린 걸음을 걷던 노인이었다. 수십 년 전, 자신이 근처 다방의 주방장이었다고 말문을 연 노인은 로라라는 이름을 한번 불러 보라는 한마디를 남기고는 홀연히 어둠 속으로 사라졌다. 잠시 뒤, 키 작은 소년 하나가 하늘을 향해 로라라는 이름을 외치기 시작했다. 로라! 로라! 로라 여사님!

그날 저녁, 상가주택의 창문엔 불이 켜졌다. 현관문도 열렸다. 가파른 계단 위에 스타처럼 나타난 사람은 주황색 원피스에 굽이 높은 구두를 신은 로라였다. 물방울무늬 머리끈으로 머리를 질끈 묶은 그녀는 아이들 한 명 한 명과 눈을 맞추며 계단을 내려갔다. 이제까지의 기다림이 무색해질 정도로 아이들은 그녀의 앞에서 아무런 말도 꺼내지 못했다.

살갗이 에는 듯한 겨울이었다. 외투조차 입지 않은 로라는 탄광으로 출퇴근할 때 사용하던 오토바이를 타고 선인면으로 향했다. 선인 1단지에 도착한 이후에는 길가에 오토바이를 엉망으로 세워 두고 불편한 구두를 고쳐 신었다.

눈이 발목까지 쌓인 산을 사슴처럼 뛰어올랐다. 발목이 꺾이고 나뭇가지에 긁혀도 멈추지 않았다. 눈 속에서 피어난 꽃잎처럼 환생한 로라가 주황색 잔상으로 허상처럼 나부꼈다.

빈약한 머리숱 위로 흘러내리는 물방울무늬 머리끈을 따라 수십 명의 아이들이 함께 걸음을 걸었다. 바람 소리와 숨소리가 구별되지 않았다. 화이트아웃이 발생했나 싶을 정도로 아무것도 보이지 않았다. 그리고 주황색 꽃잎이 자리에 누웠다. 하얀 눈이 쌓인 공터에 물방울무늬 머리끈이 떨어졌다. 바람이 멈추었다. 그곳은 탄광 사우나 앞이었다.

까마귀들이 일제히 날아올랐다. 무심한 하늘이 재 같은 눈을 흩뿌렸다. 붉은 목덜미에 새하얀 눈송이가 떨어졌다. 포실했던 눈송이들은 뜨거운 물에 닿은 비누 거품처럼 힘없이 녹아내렸다.

깊은 산속에도 사람이 사는 마을은 그렇지 않은 동네와 확연하게 구분되었다. 몇 번의 폭설을 겪었음에도 설백의 도로는 염화칼슘으로 제설이 되어 깨끗했다. 전신주 근처 나무들은 새싹이 날 수 있을까 의심될 정도로 바짝 가지치기를 해 놓았다. 거름 냄새 혹은 쓰레기 냄새가 수백 미터

마다 코를 찔렀고, 텅 빈 밭에는 거대 마시멜로처럼 생긴 곤포 사일리지가 듬성듬성 놓여 있었다.

곡예 운전을 하듯 커브를 돈 민지가 속도를 높여 회전교차로를 빠져나갔다. 수화기 너머 기다리고 있다고 말하던 정훈의 목소리가 이명처럼 귀에 남아 머리가 어지러웠다. 아무리 엑셀을 밟아도 침잠되어 버린 기분이 떨쳐지지 않아 오디오의 볼륨을 세 칸 더 높였다. 라디오에선 한 번도 들어 본 적 없는 아이돌의 노래가 흘러나오는 중이었다. 새파랗게 어린 그들의 노래가 서울에서 보낸 지난 십수 년처럼 느껴졌다. 분명 찬란했을 텐데 기억이 나지 않았다. 서울엔 이제 동경도 미련도 심지어는 기대조차도 아무것도 남은 게 없었다.

새하얀 바람이 불어왔다. 아직은 시리고 건조한 겨울에 갓난아이의 숨결만큼 봄이 묻어났다. 선인 1차. 페인트칠이 벗겨진 경비 초소에는 웬일로 남색 유니폼을 입은 백발 노인이 앉아 있었다. 신문인지 전단지인지를 보고 있는 그는 돋보기안경을 몇 번이나 썼다 벗으며 작은 글씨들을 읽어 내려 노력했다. 그는 정문으로 들어서는 민지를 신경 쓰지 않았다. 그저 한 번 흘끔 쳐다보았을 뿐, 다시 양손에 들고 있는 종이로 시선을 옮겨 읽고 있던 활자에 집중했다.

집 근처까지 가지 않고 아파트 정문 옆에 차를 세웠다. 그러고는 운전석에서 내려 느티나무를 올려다보았다. 우거진 나뭇가지엔 무성한 나뭇잎 대신 희끗한 눈이 쌓여 있었다. 고작 몇 달이 지나면 메마르고 거친 나뭇결을 비집고 연둣빛 새싹이 올라올 것이라는 사실이 믿어지지 않았다. 그 벅찬 생명력이 눈이 시릴 정도로 부러웠다. 한 계절이 가고, 1년이 가고, 한 살을 먹고, 어른이 되어 가고. 아무리 새치가 늘어도 과거의 기억은 딱딱하게 굳어 갈 뿐 발아하진 못할 게 분명했다. 형편없는 어른으로 사는 일도 힘에 부쳤다. 가끔이나마 좋은 어른이 되는 것은 평생을 노력해도 해내지 못할 과제 같았다.

어깨를 움츠렸다. 주머니에 손을 넣고 112동 방향을 향해 걸음을 옮겼다. 손끝에 차가운 열쇠가 닿았다. 그 감촉은 난파된 보트 위에 놓인 구명조끼처럼 못내 거칠고 서늘했다.

야―옹.

112동까지 한 동 즈음을 남겨 놓았을 무렵이었다. 고양이 울음소리가 들려왔다. 한 계절 이상 엄마의 집 앞을 지키던 하얀 고양이는 아직도 불 꺼진 거실 앞을 떠나지 못한 모양이었다. 이 겨울, 강원도 산골짜기에서 부상을 입은 길고양이가 살아남았다. 따뜻한 방도, 주인인 척하는 집사도 하나 없는데 기를 쓰고 죽지 않았다. 베란다 밖에 안 쓰는 이불이라도 꺼내 놔야 하나 하는 생각을 하며 걷는데 익숙한 실루엣이 보였다. 서연이었다. 회색 트레이닝복에 검은 패딩을 입고 있는 서연은 놀란 표정을 감추지 못하고 민지를 돌아보았다. 바람이 불어오고, 콧물이 흘렀다. 열쇠를 쥐고 있던 손을 주머니에서 꺼내 콧물을 닦았다.

야—옹.

다시 한번 고양이가 울었다. 하얀 고양이는 눈 덮인 땅이 아닌 서연의 품에 안겨 있었다. 코끝이 간지러웠다. 묽은 눈물이 안각을 비집고 나와 시야가 흐릿해졌다.

고양이인지 사람인지 구별이 가지 않는 서연이 민지를 향해 천천히 걸어왔다. 역광이 내리쬐어 아이의 표정은 더 이상 보이지 않았다. 잠시 뒤, 복슬복슬하고 부드러운 것이 비누 거품처럼 가슴팍에 닿았다. 민지는 두 팔을 크게 벌렸다. 올겨울을 살아 낸 고양이와 서연을 힘주어 안았다.

탄광마을
사우나

탄광마을
사우나

S#1 - 동굴 앞

우거진 숲속, 검고 깊은 동굴 앞에 미숙이 앉아 있다. 수직갱과 연결된 동굴의 입구는 절벽처럼 가파르다. 미숙은 눈을 감고 고개를 느리게 움직인다. 구두를 벗어 던진 그녀의 맨발은 군데군데 검댕이 묻어 있어 지저분하다.

그런 미숙을 향해 용철이 조심스럽게 한 발을 내딛는다. 혹여 미숙이 놀라 아래로 떨어지기라도 할까 봐 용철의 목소리는 한없이 조심스럽다.

용철   거기에서 떨어지면 죽어요.

미숙   (용철의 목소리를 못 들은 것처럼 고개와 다리를 계속 까딱

        까딱 움직인다.)

용철   저기요, 위험하니까 얼른 이쪽으로 와요.

미숙   (그제야 뒤를 돌아보는 미숙. 풀메이크업을 한 얼굴에는 표

        정이 없다.)

용철   (보다 단호한 목소리로) 어서!

미숙   뭐 돼요?

용철   (당황 혹은 머쓱한 표정)

미숙   그쪽, 뭐라도 돼요? 아빠든 오빠든 아니면 서방

        이든.

자세를 바꾸는 미숙의 몸이 기우뚱한다. 놀란 표정으로
자리에 얼어붙는 용철.

용철   어어, 진짜 위험해요!

미숙   (잠시 뜸을 들이다) 혹시, 내가 걱정돼요?

용철   (난감한 표정. 쉽게 대답을 하지 못한다.)

미숙   아니면 나랑 자고 싶어서 그래요?

용철   (당황한 표정으로 바뀌며) 그, 그런 거 아니에요. 그게

아니라 지금…….

미숙 몰랐어요? 나 공짜로는 안 자는 거. 우리 다방에 자주 오니까 알 거 아니에요. 내 티켓값 되게 비싼 거.

용철 나, 나는 그런 게 아니라 그냥…….

미숙 그냥 뭐요?

용철 걱정이 되어서…….

생각에 잠긴 표정의 미숙. 하지만 곧 다방에서처럼 생기발랄한 표정으로 되돌아간다. 꺄르르 소리를 내어 웃음을 터뜨리는 미숙.

미숙 나, 그냥 여기에 쉬러 온 거예요. 이렇게는 안 죽어요. 우리 샤론 때문에.

(cut to)

울창한 강원도 산속. 녹음이 한껏 우거진 영락없는 여름이다. 용철이 미숙을 바라보는 구도였던 앵글이 미숙이 용철을 바라보는 구도의 앵글로 바뀐다. 임도도 하나 없는 수풀 사이, 억수처럼 땀을 흘리며 서 있는 용철이 보인다.

그의 키는 웃자란 풀들과 비슷하다. 자리에서 일어난 미숙이 엉덩이를 털고 용철 쪽으로 걸음을 옮긴다. 그녀는 여전히 맨발이다. 용철, 다급하게 미숙을 막아선다.

용철　　신발은 어디 있어요?

미숙　　저기에 던져 버렸어요.

용철　　(두 눈이 휘둥그레지며) 미쳤어요?

미숙　　(그저 미소를 짓는다.)

용철　　아니, 신발도 없이 이 험한 산길을 어떻게 내려가려고 그래요? 그러다 발에 상처라도 나면 어떡하려고요. 아니, 상처로만 끝나면 다행이지. 까딱하다가는 다시 못 걸을 수도 있어요.

미숙　　나는 그런 거 겁 안 나는데.

용철　　그래도…….

미숙　　저기요.

나뭇잎이 바람에 나부끼는 소리와 새들이 지저귀는 소리, 용철의 숨소리만이 산중에 가득하다. 용철은 자신보다 20센티미터가량 키가 큰 미숙을 올려다보며 아무런 대답도 하지 못한다. 그런 용철에게 한 걸음 더 가까이 다가가는 미숙.

미숙		여자 처음 봐요?

용철, 당황한 표정으로 미숙의 눈길을 피한다.

미숙		아니면 너무 많이 본 건가?
용철		(여전히 대답을 하지 못하며 고개를 돌린다. 점점 커지는 호
		흡 소리.)
미숙		(느린 동작으로 용철에게 가까이 다가가는 미숙. 어느덧 고
		개만 돌리면 코끝이 닿을 정도로 미숙과 용철의 얼굴이 가까
		워진다.)
용철		(이상한 낌새에 고개를 돌리던 용철. 찰나보다 짧은 시간, 미
		숙의 코와 입술이 용철의 뺨을 스친다. 소스라치며 뒷걸음치
		는 용철) 으어어!
미숙		뭐야, 일부러 그래요?
용철		아니, 그, 그게. (언성을 높이며) 여기서 이러고 있
		으면 안 된다고요! 가뜩이나 오늘은 소나기 소식
		도 있는데, 어두워지기 전에 내려가야 해요!
미숙		그럼 먼저 내려가요. 난 내가 알아서 갈 테니까.

잠시 주위를 두리번거리던 용철. 미숙에게 등을 내밀고
한쪽 무릎을 꿇는다.

용철   업혀요.

미숙   방금 못 들었어요?

용철   못 내려가요.

미숙   뭐라고요?

용철   못 간다고요. 신발도 없는 여자를, 그것도 이런
        산중에 혼자 내버려두고 어떻게 내려가요. 같이
        갈 거니까 어서 업혀요.

미숙   저기요.

용철   키가 작다고 힘까지 없는 건 아니에요. 그쪽 업고
        여기 내려가는 일 같은 건 식은 죽 먹기라고요.
        까짓것 산길 좀 걷는 게 막장에서 석탄 캐는 일보
        다 어려울 거 같아요? 웃기지 말아요. 어린애처
        럼 굴지 말라고요.

미숙   (보다 신경질적으로) 저기요!

용철   나 병신 아니라고요!

이어지는 침묵. 깊은 산중에는 새들의 지저귐만이 가득

하다. 잔뜩 힘을 준 미숙의 발가락이 클로즈업된다. 연이어 클로즈업되는 미숙의 주먹.

잠시 뒤, 미숙이 용철의 어깨와 목덜미를 감싸고 그의 등에 몸을 기댄다. 그대로 미숙을 업고 산길을 걷는 용철. 짧은 치마를 입은 미숙의 허벅지를 팔뚝으로 단단하게 감싼 그는 주먹을 꼭 쥔 채 산을 내려간다. 용철의 뒷목에 얼굴을 묻는 미숙. 굵은 땀방울이 용철의 목덜미 위로 흘러내린다.

S#2. 서울다방 뒤편

실개천을 따라 줄지어 서 있는 건물들. 3, 4층 높이의 건물 모두가 한쪽을 개천 쪽으로 확장해 지층을 추가한 까치발 건물들이다. 그중 거친 시멘트가 그대로 노출된 3층 건물이 서울다방이 입점해 있는 건물이다. 간판이 달려 있는 대로변 쪽은 새하얀 페인트가 칠해져 있지만 건물 뒤쪽은 페인트를 한 번도 칠하지 않은 것처럼 투박하고 거친 표면이 그대로 노출되어 있다.

한 사람이 서기에도 비좁다 싶은 테라스에 선 미숙이 주변을 두리번거린다. 검게 흐르는 냇물 위에 서 있는 그녀의 모습은 잘못된 우주에 불시착한 사슴처럼 비현실적으로 보인다. 미숙의 품에는 새하얀 고양이 한 마리가 안겨 있다. 고양이의 이름은 샤론, 설백에 있는 미숙의 유일한 가족이다.

실개천 건너편은 완만한 오르막으로, 몇 채의 양옥과 대부분의 하꼬방들로 이루어진 산동네이다. 작은 교회와 점방이 있는 삼거리 교차로 앞에 안전 펜스와 시선의 높이가 비슷한 용철이 고개를 숙이고 서 있다. 그는 이따금 고개를 들어 미숙을 바라본다. 아직 용철을 발견하지 못한 미숙. 그런 그녀를 대신해 샤론이 용철과 눈을 맞춘다. 새하얀 고양이의 얼굴이 클로즈업된다. 고양이의 푸른 눈동자 가득 용철의 모습이 담겨 있다.

(to be continued)

탄광마을 사우나

ⓒ 이인애, 2025

초판 1쇄 인쇄 2025년 12월 10일
초판 1쇄 발행 2025년 12월 20일

지은이 이인애
기획실 정진우 정재우

주간 김종숙 | 책임편집 김은혜 | 편집 정소영 김혜원
디자인 강희철 | 마케팅 홍보 고다희 | 디지털콘텐츠 구지영
제작 관리 윤준수 고은정 이원희 | 제작처 영신사

펴낸곳 열림원 | 펴낸이 정중모 방선영
출판등록 1980년 5월 19일(제406-2000-000204호)
주소 경기도 파주시 회동길 152
전화 031-955-0700 | 팩스 031-955-0661
페이스북 /yolimwon | 트위터 @yolimwon | 인스타그램 @yolimwon
홈페이지 www.yolimwon.com | 이메일 editor@yolimwon.com

ISBN 979-11-7040-359-3 03810